Is it Wrong to Try to Pick Up Girls in a Dungeon?

FUJINO OMORI

ILLUSTRATIONEN VON SUZUHITO YASUDA

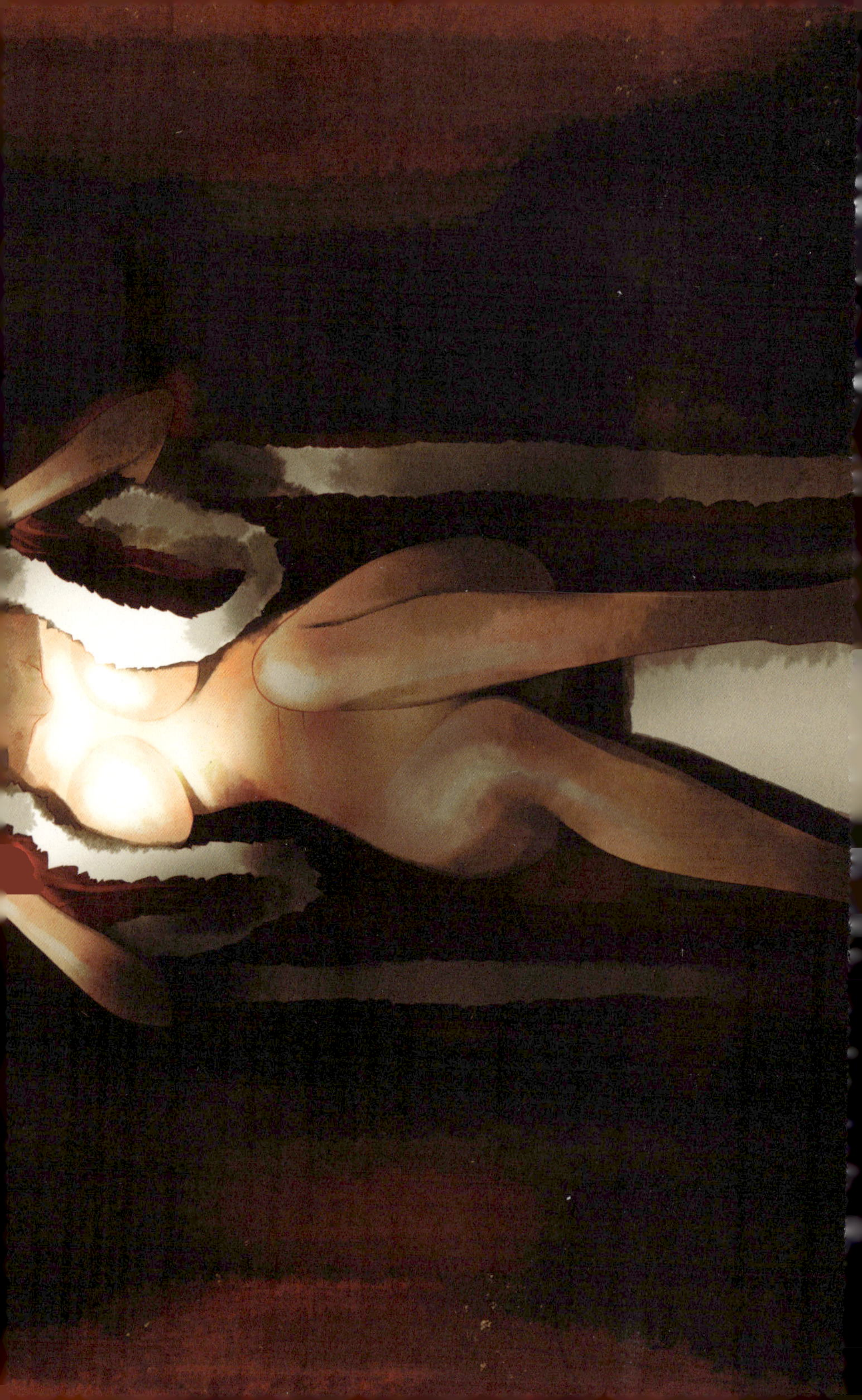

Is it Wrong to Try to Pick Up Girls in a Dungeon?

3

FUJINO OMORI

ILLUSTRATIONEN VON SUZUHITO YASUDA

TOKYOPOP®

Is it Wrong to Try to Pick Up Girls in a Dungeon?

3

Prolog: »Alea iacta est«

»Ottar, der Junge ist schon wieder stärker geworden.«

»Tatsächlich?«

»Ja.«

Es war dunkel im Raum, nur auf dem Tisch glomm ein kleines Licht. Im Schein des Magiesteins, der wie eine Kerze flackerte, hoben sich Freyas Mundwinkel.

Sie befand sich im Turm Babel, der direkt über dem Dungeon errichtet worden war. Genauer gesagt war es das oberste Stockwerk. Der Raum war spärlich eingerichtet und wirkte eigenartig schmucklos für eine erstklassige Suite. Doch die wenigen Objekte, die es gab, waren von großer Pracht und geschmackvoll platziert. Es gab ein gewaltiges Bücherregal, ein ungewöhnlich großes Bett und einen dunkelroten Teppich. Zwischen Spiegeln an der Wand hing ein Bild, das Sonne und Mond zeigte.

Die silberhaarige Göttin unterhielt sich gerade mit einem auserwählten Gefolgsmann, ein Weinglas in der Hand.

»Ich hatte es falsch eingeschätzt«, meinte sie. »Es ist nicht allein sein Status. Durch die Magie, die er erworben hat, ist sein Leuchten um ein Vielfaches stärker ... Für mich sieht er dadurch viel vollkommener aus.«

Sie schwenkte ihr Glas und bewunderte die Spiegelung des kalten Mondlichts in der Flüssigkeit. Der junge Weißwein hatte kaum Farbe und ebenso wenig Geschmack. Aber gerade diese Transparenz, fand Freya, war durch nichts zu ersetzen. Sie schloss leicht ihre silberfarbenen Augen, lächelte und bewegte das Glas zum Mund.

»Er hat also beträchtliche Fortschritte gemacht?«

»So erscheint es mir.«

Ottar stand in einer Zimmerecke, die Miene unbewegt. In aufrechter, starrer Haltung schaute er still seine Herrin und Göttin an. Unter dem Blick seiner rostbraunen Augen ließ Freya bedächtig ihre Lider herabsinken.

»Aber irgendetwas, eine einzige Sache, trübt seinen Glanz noch immer. Es ist, als wären ihm Fesseln angelegt.«

Ottar schwieg.

»Das Gefäß ist mehr als ausreichend, aber der Kern ist nicht stark genug oder nebelverhangen ... Irgendetwas fehlt oder stört. Verstehst du es vielleicht, Ottar?«

Sie wandte sich zu ihm um. Sie wollte seine Meinung hören, denn für sie war er ebenso ein Kind wie jener Jüngling. Der Tiermensch, der an einen gewaltigen Felsen erinnerte, presste die Lippen aufeinander.

»Vielleicht eine schicksalhafte Verbindung?«, antwortete er schließlich.

»Schicksalhaft?«

»Ihr habt mir doch von seinem Erlebnis mit jenem Minotaurus berichtet. Wenn er diese bittere Erfahrung nicht verwinden kann, wird sie ihn weiterhin quälen, wie ein Stachel in seiner Seite.«

Die Geschichte hatte sie Ottar tatsächlich erzählt. Sie hatte sie jedoch nicht direkt aus Bells Mund gehört, sie war ihr nur weitergetragen worden. Wissen konnte sie es nicht, aber sie hatte eine starke Ahnung: Jene Niederlage gegen dieses Monster, das an einen wilden Bullen erinnerte, war eine der Ursachen für seine Halbherzigkeit.

Sie strich sich mit dem Finger über das schmale Kinn. »Also ist er traumatisiert ... Ihr Kinder seid wirklich empfindlich. Auch wir Götter hängen an der Vergangenheit, aber wir lassen uns nicht von ihr fesseln. Auf euch wirken wir deswegen bestimmt sorglos, oder?«

»In keiner Weise«, sagte Ottar unverändert höflich.

»Du könntest ruhig ein wenig mitspielen, damit ich mich nicht so langweile ... Aber egal.« Sie lächelte ihn zauberhaft und ein wenig herausfordernd an. »Und wie ziehen wir nun dem Jungen jenen Stachel, der so tief in seinem Fleische steckt?«

»Um sich von solch einem schicksalhaften Erlebnis zu lösen, muss man sich ihm erneut stellen und es aus eigener Kraft überwinden. Es gibt keinen anderen Weg.«

Ottar schien die Frage seiner Göttin todernst aufgefasst zu haben.

»Ich nehme an, dir ist es genauso ergangen?«

»Wir Männer neigen dazu, die Fehler unserer Vorgänger zu wiederholen. Zumindest ist das meine Meinung dazu.«

Freya kicherte und wandte den Blick ab. Nun, da sie einen Anhaltspunkt hatte, hellte sich sogleich ihre Laune auf, und sie ließ ein wenig ihre Gedanken schweifen. Wenn dieses Monster namens Minotaurus einen Schatten auf den Jungen warf, dann gab es eine einfache Antwort: Sie musste gar nichts tun, sondern einfach nur abwarten. Irgendwann würde er stark genug sein, um einen Minotaurus zu besiegen. Dann würde er seiner Vergangenheit entkommen, die wie Pech an ihm klebte.

Und in dem Moment, wenn er den Minotaurus besiegt, wird sein Strahlen durch nichts mehr gemindert sein ...

Dann würde er vollendet vor Freya erscheinen, und gewiss würde sie sich bei dem Anblick erneut verlieben. Sie konnte es kaum erwarten. Ihr Denken kreiste ausschließlich um Bell. Er faszinierte sie mehr als alle anderen. Sie wollte diesen Jüngling unbedingt besitzen, ihn in ihrer Nähe wissen, sodass sie ihn jederzeit erreichen konnte.

Und mit diesen Gedanken wandte sie sich erneut an ihren Anhänger: »Ottar!«

»Ja, Herrin?«

»Wie denkst du eigentlich darüber? Da ich komplett von ihm verzaubert bin, missachte ich doch euch alle in meiner Familia ständig.« Weil Ottar schwieg und keine Regung erkennen ließ, fuhr Freya fort: »Was, wenn der Junge irgendwann noch stärker ist als du?«

Schweigen.

»Vielleicht wird er mir einmal teurer und kostbarer sein. Vielleicht steht er eines Tages an meiner Seite, dort wo du jetzt stehst.«

»Ganz wie Ihr wünscht, Meisterin Freya.«

»Bist du nicht eifersüchtig?«

Ottar zeigte keine Regung und antwortete voller Aufrichtigkeit und festem Glauben: »Eure Liebe ist zu all Euren Kindern gleich. Keines liebt ihr mehr oder weniger. Selbst wenn ich einmal nicht mehr an Eurer Seite stehen sollte, bin ich mir Eurer Liebe sicher.«

Die Blicke der silbernen und rostbraunen Augen trafen sich.

Nach einem Augenblick des Schweigens senkte der riesige Mann sein Haupt.

»Ich habe zu viel gesagt.«

»Schon gut. Dadurch bist du mir eigentlich noch viel liebenswerter geworden.«

»Ich fühle mich sehr geehrt.«

Nach diesem lockeren Wortwechsel lächelte Freya verschmitzt und sagte mit ihrer schönen Stimme: »Aber wirklich schade. Ich hätte gerne gesehen, wie so ein stocksteifer Typ wie du ein bisschen eifersüchtig wird.«

»Wenn Ihr es wünscht …«

»Hi ... Hi hi hi hi! Ha ha ha ha ha! Ich bitte dich, Ottar! Bring mich nicht so zum Lachen, ja? Wenn du auf deine todernste Art und Weise versucht hättest, eifersüchtig zu sein, dann hätte ich mich sicher nicht mehr halten können.«

Freyas Lachen schien aus tiefstem Herzen zu kommen. Wie ein unschuldiges Mädchen hob sie die Hand vor den Mund, während sie sich mit der anderen den Bauch hielt.

Ottar verzog einen winzigen Augenblick lang das Gesicht. Wahrscheinlich schämte er sich ein wenig. Er knickte eins seiner Wolfsohren komisch ab.

Nachdem Freya ausgiebig gelacht hatte, tupfte sie sich die Augen ab. Natürlich hatte sie die Scham ihres Untergebenen bemerkt, darum wechselte sie nun das Thema.

»Sag mal, Ottar. Wie siehst du es denn nun?«

»Wovon sprecht Ihr?«

»Von dem Jungen. Sind meine Sorgen unbegründet?«

Ottar hatte sich wieder gefangen. Er legte die Ohren leicht schief.

»Der Junge wird auch ohne meine Einmischung stark werden«, fuhr sie fort. »Irgendwann wird er sich dieser schicksalhaften Verbindung entledigen, von der du sprichst. Aber ich frage mich, ob mir das reicht. Ich kann es nicht gut in Worten ausdrücken ... Irgendwann, schon bald, wenn nur genug Zeit vergeht ... Wie man es auch ausdrückt, das klingt alles schrecklich kleinmütig, oder? Ich muss mich ja beinahe fragen, was aus mir geworden ist.«

Vielleicht machte sie sich zu viele Sorgen. Es gab kein Problem, und Bell würde auch so zurechtkommen. Dennoch: Sollte sie die Sache einfach auf sich beruhen lassen? Gut begründen konnte sie ihr Unbehagen nicht, aber sie hatte schon vielen Kindern, talentierten Mitgliedern ihrer Gruppe, zugesehen und hatte Zweifel, dass man solchen Dingen einfach ihren Lauf lassen durfte.

In dem Moment sah Ottar sie aus schmalen Augen an.

»Ottar, glaubst du auch, dass sich dieses Problem mit der Zeit von allein lösen wird?«

»Ja, irgendwann sicher. Aber es gilt eben auch: Wer keine Abenteuer wagt, der schlüpft auch nicht aus seiner Schale.«

Seine Ansicht stand im Widerspruch zu der einer gewissen jungen Halbelfin, die gerade nicht zugegen war. Immer wieder hatte er sich in Lebensgefahr begeben, und erst das hatte ihn zu dem erfahrenen Krieger gemacht, der er heute war. Daher konnte er nun auch entschieden sagen, dass man Abenteuer wagen musste, um solche Höhen zu erreichen. Es mochte eine Möglichkeit sein, das zu verwirklichen, was in dem Jüngling schlummerte und Freya verborgen blieb.

Ja, Ottar musste ein gewisses Potenzial in dem Jungen entdeckt haben, das selbst ihr entgangen war.

»Ottar, entscheide du, wie wir den Jungen als Nächstes antreiben.«

Die Göttin der Schönheit stellte das Glas ab, an dem noch der Geruch von Traubenwein hing, schloss die Augen und lehnte sich zurück.

Ottar gelang es nicht, seine Verwunderung zu verbergen. »Woher dieser plötzliche Sinneswandel?«

»Du scheinst den Jungen momentan viel besser zu verstehen als ich, nicht wahr?« Sie klang ein wenig verschnupft und blickte zu Boden. Dann hob sie den Kopf, sah ihn aus schmalen Augen an und lächelte zauberhaft. »Ich könnte fast neidisch werden.«

Kapitel 1
Besuch der Prinzessin der Klingen

Die Sonne stand hoch am Himmel. Hier auf der Hauptstraße südlich des Turms Babel sah man statt Abenteurern eher normale Stadtbewohner. Sie saßen in den offenen, dicht an dicht stehenden Cafés, ein strahlendes Lächeln auf den Gesichtern.

Während zahlreiche Sonnenschirme aufgespannt wurden, saßen Bell und Lili einander an einem weißen Tisch gegenüber.

»Dann gibt es also keine Schwierigkeiten mehr mit der Soma-Familia?«, fragte er.

»Nein. Schon bald werden sie annehmen, dass ich gestorben bin.«

Dies war der erste Tag, nachdem Bell und Lili erneut eine Gruppe gebildet hatten. Sie erklärte ihm genau die Lage, in der sie sich momentan befand.

»Wenn ich als verstorben gelte, muss ich mich nicht mehr mit meiner Familia abgeben und werde wohl auch nicht gejagt. Schließlich existiere ich dann für sie nicht mehr. Daher sollte ich dir auch keine Probleme bereiten, Meister Bell.«

Zuvor hatte sie sich immer hinter ihrem Pony versteckt, Doch nun lag ihr niedliches Gesicht frei. Sie lächelte und sah ihn aus ihren großen Augen an.

Er runzelte die Stirn. »Meinetwegen musst du dir keine Sorgen machen ... Aber macht es dir denn nichts aus, wenn man dich für tot hält, Lili?«

»Vielen Dank, dass du dir Gedanken um mich machst. Aber eigentlich ist das gar nicht so übel. Ich habe ja niemanden, der mir nahesteht ... Solange du weißt, dass es mich gibt, bin ich zufrieden.«

Offenbar meinte sie es ernst, daher bohrte er nicht weiter nach. Er wollte nicht unnötig alte Wunden aufreißen. Stattdessen würde er einfach darauf vertrauen, dass sie innerlich damit abschließen würde.

»Na, wenn du das sagst ... Aber wird die Soma-Familia denn nichts bemerken? In Wirklichkeit bist du ja noch am Leben.«

»Hundertprozentig sicher kann man nie sein, aber ich habe in den letzten zwei Tagen alle Spuren zu mir verwischt. Du brauchst dir also nicht allzu viele Sorgen machen, dass sie mich finden ... Außerdem habe ich ja auch noch das hier.«

Sie strich sich über den Kopf, und plötzlich war ihr kastanienbraunes Haar dunkelbraun. Außerdem hatte sie nun Katzenohren, die zuckten. Selbst ihre Augen glitzerten golden.

Cinder Ella. Dank ihrer speziellen Verwandlungsmagie hatte Lili jetzt das Aussehen eines normalen Tiermenschenmädchens. Zwar war ihr Gesicht noch dasselbe, aber wie eine Pallum sah sie nicht mehr aus. Solange niemand von dieser Fähigkeit wusste, würde höchstwahrscheinlich auch niemand auf den Gedanken kommen, es könne sich bei ihr um Liliruca Arde handeln. Selbst Bell war höchst überrascht gewesen, als er erfahren hatte, dass es so einen Zauber gibt.

»Ähm, na dann ...«, sagte er.

»Ja, es gibt gar kein Problem. Und sollte doch etwas sein, werde ich aufpassen, dass ich dir damit keinen Ärger mache, Meister Bell.«

»Das ist schon in Ordnung.« Bell lachte verlegen, aber beruhigt war er dennoch.

Auf diese Weise würde Lili nicht in gefährliche Streitigkeiten hineingezogen. Und falls doch, würde er ihr helfend zur Seite stehen. Als er die Einzelheiten darüber gehört hatte, wie Lili fast gestorben war, war er wütend und frustriert gewesen. Wütend über die Gewalt, die Menschen einander antaten, weil sie den anderen nicht als Person sahen, und frustriert, weil er es ihnen niemals würde heimzahlen können. Aber im Hinblick auf Lilis

Wohl sollte er sich wohl lieber von der Soma-Familia fernhalten. Und auch für ihn selbst könnte es gefährlich werden, wenn sie beschloss, sich zu rächen. Hauptsache, sie war in Sicherheit, dann wollte er zufrieden sein. Bell schob die lästigen Gefühle beiseite.

Die Kluft war geschlossen. Zwar nicht vollkommen, aber der Abstand zwischen den beiden hatte sich ganz sicher verkleinert. Sie konnten einander nun die Hand reichen. Bell lächelte bei dem Gedanken, dass dies ein neuer Aufbruch sein würde.

»Meister Bell ...«

»Hm?«

»Ist das denn wirklich in Ordnung für dich?«

»Was meinst du?«

»Willst du mir ernsthaft einfach so vergeben?«

Lili lächelte nicht, ihre Miene war düster. Sie schaute Bell an, als wollte sie sich an ihm festklammern.

»Ich hab dich doch reingelegt, oder? Du hast mich so gütig behandelt, und ich hab dich einfach betrogen ... Nicht einmal das gestohlene Geld hab ich dir zurückgegeben. Wenn du mir einfach so verzeihst, dann ...«

Darum also war bei ihnen beiden noch nicht alles ganz wieder beim Alten. Lili machte sich Vorwürfe, fühlte sich schuldig und wünschte sich, es irgendwie wiedergutzumachen. Sie rang noch mit dem, was sie getan hatte. Dabei wusste Bell schon gar nicht mehr, wie oft sie sich bereits entschuldigt hatte.

Bei dem Vorfall vor wenigen Tagen hatte sie ihr gesamtes Hab und Gut verloren. Alles, was sich zu Geld machen ließ, die Items und selbst die gesparten Gnomen-Edelsteine, von denen sie erzählt hatte, hatten ihre Kameraden aus der eigenen Familia ihr weggenommen. Sie besaß nichts mehr, was sie ihm hätte zurückgeben können, und hatte deswegen schlimme Gewissensbisse.

Er konnte ihr noch so oft versichern, dass alles in Ordnung sei, ihre Stimmung hellte sich nicht auf. Ganz im Gegenteil: Lili wirkte jedes Mal noch niedergeschlagener. Womöglich wünschte sie sich geradezu, dass er sie hart bestrafte.

Er kratzte sich resigniert am Kopf. So etwas konnte sie doch nicht von ihm verlangen. Das brachte er nicht fertig. Jemanden zusammenzustauchen oder gar zu züchtigen, lag ihm einfach nicht. Bis jetzt war es eher so gelaufen, dass er von anderen hatte einstecken müssen.

Lili blickte weiterhin zu Boden. Gerade fragte er sich verzweifelt, was er nur tun könne, um ihre Schuldgefühle wegzuwischen und die Sache zu klären, da kam ihm jemand zu Hilfe.

»Hey, Bell!«

»Ach, du bist's, Göttin!«

Er stand auf und blickte Hestia entgegen, die gerade wie verabredet im Café erschienen war. Wie Lili war sie von kleiner Statur, bahnte sich jedoch mühelos den Weg durch die vielen Gäste und kam kurz darauf bei Bell an.

»Tut mir leid, dass du warten musstest. Seid ihr schon lange hier?«

»Überhaupt nicht. Und entschuldigen muss eher ich mich, weil ich dich bei der Arbeit unterbrochen habe ...«

»Mach dir um mich keine Sorgen. Aber jetzt sag mal: Ist sie das Mädchen?«

»Äh, ja. Ich hab dir ja schon von ihr erzählt ...«

»Li... Liliruca Arde.« Lili stand aufgeregt auf, als beide sie ansahen, und verbeugte sich. »An... Angenehm.«

Hestia hatte selbst vorgeschlagen, vorbeizukommen. Ihre Absicht war klar ersichtlich: Sie wollte der Supporterin auf den Zahn fühlen, die künftig mit ihrer Familia zusammenarbeiten würde. War Lili in den Augen der Göttin nicht gut genug, konnte es durchaus sein, dass sie aus der Gruppe flog. Das war ihr durchaus bewusst, darum sah sie Hestia nun auch so nervös an.

»Ach!«, sagte Bell plötzlich, als wäre ihm etwas eingefallen. »Das geht doch nicht. Ich habe gar keinen Stuhl für dich bereitgestellt, Göttin ...«

»Nicht doch! Kümmere dich nicht darum! Es ist so voll, da gibt's bestimmt keine freien Stühle mehr! Setz dich einfach hin, Bell – und ich setz mich auf deinen Schoß!«

»Ha ha ha, Göttin, du machst immer so unpassende Witze! Warte kurz. Ich frag mal beim Personal nach.«

Lächelnd ging er davon und ließ Hestia einfach stehen. Dieser Junge war so unschuldig, da brachte der größte Zaunpfahl der Welt nichts. Kurz stand sie nur da, dann seufzte sie tief. Sie wirkte so wehmütig ... Sogar ihre Zöpfe hingen niedergeschlagen herab. Lili wusste nicht, wie sie darauf reagieren sollte.

»S... Sehr gut. Ich wollte sowieso, dass Bell eine Weile weggeht. Das kommt mir ganz gelegen.«

»J... Ja?«

Hestia hüpfte auf den Platz, auf dem Bell eben noch gesessen hatte, die Wangen leicht gerötet. Lili setzte sich ebenfalls.

»Machen wir schnell«, sagte die Göttin. »Er ist gleich wieder zurück. Wir müssen uns nicht vorstellen, oder? Bell hat dir sicher ausgiebig von mir erzählt, nicht wahr?«

»J... Jawohl.«

Weil Hestia sofort das Gespräch an sich gerissen hatte, dauerte es einen Moment, bis Lili es bemerkte: Sie als Pallum mochte zwar wie ein kleines Kind aussehen, doch vom Verhalten her war Hestia viel kindlicher und unbefangener, nahezu wie ein Kleinkind. Zugleich war sie beinahe übernatürlich schön. Sie war liebreizend und ehrfurchtgebietend zugleich, was eigentlich ein Widerspruch hätte sein müssen. Ihre pechschwarzen Haare glänzten im Sonnenschein, der zwischen den Schirmen hindurchfiel.

»Ich frage dich ganz direkt, Supporterin: Heckst du wieder irgendwas aus?«

Bei dieser unverblümten Frage verschlug es Lili glatt die Sprache. Hestia wirkte ganz natürlich, doch zugleich hatte sie die Erhabenheit einer Gottheit. Lili wusste, dass sie auf die Probe gestellt wurde. Sie wurde gründlich unter die Lupe genommen. Dass Hestia sie nicht einmal mit ihrem Namen ansprach, sprach Bände. Aber nach allem, was Lili Bell angetan hatte, war diese Vorsicht nur verständlich. Und den Pallum trauten ohnehin nur wenige über den Weg.

Lili beschloss, völlig offen zu sein, ihr wahres Ich zu zeigen. »Nein, ich hecke nichts aus. Meister Bell hat mich gerettet, und ich werde ihn nie wieder hintergehen.«

Unverwandt sahen sie einander an, und der Lärm ringsumher rückte in die Ferne.

Lili hatte einmal gehört, man könne vor einer Gottheit nicht lügen, und offenbar entsprach es der Wahrheit. Die Göttin sah sie derart durchdringend an, sie hätte wohl sämtliche Lügen der Erdenbewohner durchschaut.

»Hm …«, sagte die Göttin nach einer Weile, die Lili wie eine Ewigkeit vorkam. »Sagen wir mal, ich glaube dir.«

Lili hatte die Luft angehalten. Nun ließ sie den Atem entweichen und lockerte die Schultern.

»Supporterin«, fuhr Hestia fort, »Bell ist mir ungemein wichtig. Ich würde sogar behaupten, mir ist nichts wichtiger auf der Welt. Er ist das erste Mitglied meiner Familia, und es ist mein Herzenswunsch, ihn niemals zu verlieren.«

Sie atmete tief durch. Lili wartete gebannt.

»Bells Erzählungen habe ich deine Umstände im Großen und Ganzen entnehmen können. Ich verstehe auch, warum du dich zu Diebstahl hast verleiten lassen. Ich sag das nicht aus Mitleid, so was bringt nichts. Überhaupt will ich gar nicht unnötig viele Worte verlieren, aber ...«

Hestia senkte die Stimme, als würde sie jetzt auf den Punkt kommen. Lili lauschte mit weit aufgerissenen Augen.

»Solltest du noch mal so was versuchen und mein Kind in Gefahr bringen, werde ich dich nicht ungestraft davonkommen lassen.«

Lili erstarrte, wusste einen Moment lang nicht mehr, wie man atmete. Vor ihr saß eine junge Frau, etwa so klein wie sie selbst. Doch in Wahrheit war dies eine Wesenheit, die über den Verstand der Sterblichen ging, eine Göttin, die mit der Kraft der Deusdea in Sekunden die ganze Stadt in Schutt und Asche legen konnte. Törichterweise hatte Lili das völlig vergessen.

Unter dem Blick der Göttin war ihr, als umklammerte eine Hand ihr Herz. Dennoch blieb sie tapfer und sah ihr fest in die Augen.

»Ich schwöre, ich werde so etwas nie wieder tun! Meister Bell und Meisterin Hestia zuliebe, aber vor allem ... für mich selbst.«

Wortlos sahen sie einander an, während das Stadtleben ringsum ungestört weiterging. Dann schloss Hestia die Augen, blinzelte ein paarmal und bedachte Lili schließlich mit einem Blick, als wollte sie sagen: *Na schön.* Lili hielt es nicht mehr aus und sackte erschöpft auf dem Tisch zusammen.

Nachdem Hestia ihre Ermahnung ausgesprochen hatte, grummelte sie noch etwas vor sich hin, die Arme vor ihrem üppigen Vorbau verschränkt. Warum diese Geste? Wollte die Göttin ihr zeigen, in welchen Bereichen sie ihr überlegen war? Lili schwieg und machte sich ganz klein.

»Supporterin, ich will ganz offen zu dir sein.«

»W... Was denn?«

»Ich kann dich nicht leiden. Eigentlich würde ich dich lieber nicht in der Nähe von Bell sehen.« Als sie sah, wie Lili die Augen aufriss, fuhr sie fort: »Das verwundert dich wohl? Nach allem, was ich über dich gehört habe, hab ich einen extrem schlechten Eindruck von dir. Du hast Bells Gutmütigkeit nach Strich und Faden ausgenutzt. Und nun tust du so, als hättest du dich geändert, und möchtest von ihm angenommen werden. Was genau bezweckst du damit, du diebisches Kätzchen?«

Lilis herbeigezauberte Tierohren zuckten. Wie treffend formuliert ... Aber so war es doch nicht! Lili spürte, wie ihr der Schweiß ausbrach.

»Und was ziehst du überhaupt für ein Gesicht?«, fragte die Göttin. »Seit ich hier bin, schaust du die ganze Zeit so niedergeschlagen. Bei deinem Anblick werde ich noch ganz trübselig.«

Es klang beinahe so, als würde der Göttin bei ihrem Anblick gehörig der Appetit vergehen. Aber dann blickte sie sie wieder scharf an. Offenbar war sie noch nicht fertig mit ihr.

»Du denkst bestimmt an Bell, oder?«

»Wa...«

»Woher ich das weiß? Hmpf. Ich mag von einer anderen Art sein, aber im Spiegel sehe ich ein ganz ähnliches Gesicht – deswegen. Ach, es passt mir doch nicht ... Ich will dich nicht in Bells Nähe lassen!«

Von Hestia ging plötzlich ein unbeschreibliches Flimmern aus. Die Gäste in der Umgebung rissen die Augen weit auf und hielten sich lieber fern. Lili war den Tränen nahe.

»Du meinst, du hättest dich komplett verändert, weil Bell dich gerettet hat. Aber von jetzt an wird er bestimmt viel zu nett zu dir sein. Und was machst du dann?«

»Was?!«

»Er wird dir ganz sicher nichts tun, und dann wirst du von Schuldgefühlen zerfressen. Ich finde aber, das reicht nicht. Ich kann dich Mädchen echt nicht ausstehen.«

Hestias Worte wurden immer schärfer, und sie starrte Lili an. Die kleine Pallum brachte keinen Mucks mehr heraus.

»Mir bleibt wohl keine Wahl: Ich werde dich an Bells Stelle bestrafen müssen. Ablehnen kannst du nicht, damit das gleich klar ist. Du darfst dich aber geehrt fühlen: Es ist immerhin eine *göttliche* Strafe.«

Endlich war Hestia fertig. Sie schnaubte noch einmal und lehnte sich zurück.

Lili war völlig eingeschüchtert und konnte nur nicken. Vielleicht war es ja nur gerecht, dass Bells Göttin sie bestrafte. Sie versuchte, sich zu beruhigen und innerlich zu wappnen.

Hestia knirschte mit den Zähnen, als würde das alles ihr eine große Überwindung abverlangen. Doch schließlich seufzte sie und sagte: »Kümmere dich ordentlich um Bell.«

»Hä?«

Hestia sah aus, als würde ihr vor Zorn demnächst eine Ader im Kopf platzen. »Glaub bloß nicht, dass ich dir damit einen Gefallen tun will! Bell hat mir nach und nach alles erzählt, was passiert ist, und meine Sorge wurde dabei immer größer. Bestimmt versucht irgendwann wieder jemand, ihn reinzulegen.«

Lili wusste nicht, was sie sagen sollte.

»Bitte halte die Augen offen, damit er nicht wieder an komische Leute gerät. Sei seine Aufpasserin.«

Jetzt war Lili völlig perplex. In ihrem Kopf herrschte Durcheinander, und ihr wollte einfach keine Entgegnung einfallen – aber die Göttin ließ sie ohnehin nicht zu Wort kommen.

»Übrigens ganz schön frech von dir, dass du nach einer Verurteilung verlangst. Nicht einmal wir Götter machen das heutzutage noch! Bei Schuldgefühlen geht es am Ende nur darum, ob man sich selbst vergibt oder nicht.«

Lili entnahm ihrem Tonfall, was sie eigentlich meinte: Sie sollte so etwas nicht von Bell verlangen.

»Wenn du dich seinetwegen wirklich schuldig fühlst, dann solltest du alles Erdenkliche tun, um es wiedergutzumachen. Das versteht sich doch von selbst, oder? Nur so kann man aufrichtig mit Fehlern abschließen. Wenn du dich wirklich von Grund auf verändert hast, dann beweise es durch dein Taten!«

Und damit war Hestias Schimpfkanonade endlich beendet. Es waren scharfe Worte gewesen, und Lili ließ den Kopf hängen. Aber die Göttin Hestia hatte ihr eine Chance gegeben, und das war wirklich barmherzig. Es zeigte ihre Größe und ihre göttliche Persönlichkeit.

Die Vorwürfe waren sicher ehrlich gemeint gewesen. Dennoch hatte die Göttin Lili erlaubt, weiterhin in Bells Nähe zu sein. Hatte ihr Gnade erwiesen, ihre Bitte erhört.

Lili spürte ein warmes Gefühl der Dankbarkeit in der Brust. Still verbeugte sie sich vor Hestia, ohne den Blick von ihr abzuwenden. Zwischen den beiden breitete sich eine Stille aus, wie bei einer Quelle mitten in den Wäldern.

»Tut mir leid!«, rief Bell, der gerade mit einem Stuhl in den Armen zurückkehrte. »Ich hab echt lange gebraucht!«

»Ich erlaube dir, Teil der Gruppe zu sein, und ich lasse dich auf ihn aufpassen«, sagte Hestia noch. »Aber ich rate dir eins: Werde nicht zudringlich!«

»Wie?«

Ehe Lili nachfragen konnte, was genau die Göttin meinte, war Bell wieder bei ihnen. Auf seine Entschuldigung gingen sie nicht ein, aber Hestia schnappte sich seinen Arm und zog ihn fest an sich heran.

»Verstanden?«

»Göttin?«, wunderte er sich.

»Na gut. Noch einmal von vorne: Willkommen in der Gruppe, Supporterin. Kümmere dich bitte gut um *meinen* Bell.«

Hestia hatte das Wort *meinen* besonders betont. Die Stimmung hatte sich mit einem Mal komplett verändert. Lili war, als sähe sie sich einer Tigerin gegenüber, die ihr Territorium bewacht. Fass ihn an, und ich fress dich, schien ihr Blick zu sagen.

Lili zuckte. Hestia war doch eine Göttin: milde, erhaben und anbetungswürdig. Aber sie benahm sich wie ein kleines Kind. Und feindselig.

Sie drückte Bells Arm an ihre Brust, ging plötzlich wieder auf Konfrontation, als wollte sie es Lili heimzahlen. Sie wurde ein wenig sauer. Sie hatte zwar der Göttin ihre Gefolgschaft angeboten – aber so nicht!

Sie schnappte sich Bells anderen Arm und zog ihn zu sich. Hestias Blick wurde noch böser, geradezu mordlüstern, aber Lili hielt ihm stand.

»Ganz meinerseits. Und das mach ich doch gern – schließlich ist Bell immer sooo lieb zu mir.«

»Du …«

Nun hatte Bell an jedem Arm eine junge Frau. Beide sahen sie wie niedliche Mädchen aus, aber wie sie einander anstarrten: ganz und gar erwachsen – und wütend. Wie sie da auf ihren Stühlen saßen, reichten ihre Beine nicht mal bis zum Boden, aber zwischen ihnen sprühten Funken.

Gö… Göttin?!

Bells Arme wurden auf beiden Seiten an Busen gepresst, und er wusste nicht, wie ihm geschah. Jedenfalls schien die Göttin in diesem Kampf der kleinen Frauen Oberwasser zu haben.

»Urgh…«, stöhnte Lili. »Beeindruckend, Göttin! Dein Busen ist also nicht nur zum Vorzeigen da!«

»Was soll das denn heißen, Supporterin?!«

»Ähm, Lili«, fing Bell an. »Was jetzt das weitere Vorgehen angeht …«

Vorerst war die Auseinandersetzung vorbei. Alle hatten sich wieder beruhigt und auf ihre Plätze gesetzt. Lili schaute ihn aus ihren goldenen Augen verwundert an.

»Momentan hast du kein Zuhause und auch sonst keinen Platz zum Schlafen, oder?«

»Das stimmt.« Lili lachte verlegen. »Aber das ist schon länger so. Ich werde einfach in einer günstigen Herberge unterkommen.«

Bell warf Hestia einen Seitenblick zu. Sie sah zwar immer noch muffelig aus, nickte jedoch nachdrücklich.

»Lili«, sagte er. »Willst du vielleicht mit zu uns kommen?«

»Wie?«

»Anders ausgedrückt: Möchtest du Teil der Hestia-Familia werden? Bislang besteht sie aber nur aus meiner Göttin und mir.«

Lili konnte nicht länger bei der Soma-Familia bleiben und wäre nun ganz auf sich allein gestellt. Da war es Bell viel lieber, sie in

seinem Zuhause aufzunehmen. Es war sein ehrlicher Wunsch. Hestia hatte Lili zwar streng ins Gebet genommen, schien aber keine Einwände äußern zu wollen. Somit fehlte nur noch Lilis persönliches Einverständnis.

»Meisterin Hestia, wäre das denn in Ordnung? Schließlich kannst du mich gar nicht ...«

»H... Hmpf ... Versteh mich nicht falsch: Ich kann dich zwar nicht ausstehen, aber wer wäre ich, ein hilfloses Kind ohne jegliche Familie alleinzulassen? Wir kümmern uns bloß ein wenig um dich, bis du eine neue Arbeit findest.«

Bell lächelte verlegen, als seine Göttin derart herumdruckste, rot wurde und das Gesicht abwandte.

Lili musste lachen. Dann schüttelte sie langsam den Kopf. »Vielen Dank, Meister Bell und Meisterin Hestia. Das ist lieb gemeint, und ich freu mich auch wirklich darüber.«

»Aber ... warum denn nicht?«, rief Bell überrascht.

Lili lachte herzhaft. »Es wäre mir unangenehm, mich weiter so sehr von euch mit Freundlichkeit überschütten zu lassen ... Außerdem gehöre ich immer noch zur Soma-Familia.«

Sie griff sich über die Schulter und betastete ihren Rücken, dort, wo ihr Status sein musste. Hestia sah sie stirnrunzelnd an.

»Solange ich noch ein festes Mitglied der Soma-Familia bin, kann ich nicht mit zu euch kommen, Meister Bell. Wenn ich dennoch bei euch ein und aus ginge, kriegt ihr nur unnötigen Ärger. Das könnte ich nicht ertragen.«

»A... Also mir macht das nichts ...«, begann Bell zu protestieren, aber dann brach er ab. Es ging ja nicht nur um ihn. Auch seine Familia könnte darin verwickelt werden. Voller Widerwillen schloss er die Augen. Als er sie wieder öffnete, sah Hestia so aus, als dächte sie über irgendetwas nach.

»Supporterin«, sagte die Göttin, »wie sind die Bedingungen für das Verlassen der Soma-Familia? Oder ist es vielleicht komplett verboten? Was hat dein Gott dazu gesagt?«

»Nichts Konkretes ... Aber wahrscheinlich bräuchte ich eine gewaltige Geldsumme.«

»Also Geld ...«

Daran mangelte es der Hestia-Familia ebenso sehr wie an Mitgliedern. Bell hatte zwar beachtliche Fortschritte im Dungeon gemacht, und die Lage war entspannter als im letzten Monat, aber es war nur eine geringe Verbesserung. Mehr als hunderttausend Valis würden sie nicht aufbringen können. Vor allem würde Lili es sicher niemals annehmen, dass Hestia und Bell für sie die Ablösesumme zahlten.

»Ist es denn so schwierig eine Familia zu verlassen?«, fragte Bell. »Ich kenne ein paar Leute, die es gemacht haben ...«

»Das hängt von der Gottheit ab«, erklärte Hestia. »Einige Götter akzeptieren solche Gesuche, andere nicht.«

Verließ jemand eine Familia, so war das nicht nur für ihn selbst riskant, sondern auch für die Familia: Informationen konnten nach außen dringen. Daher waren selbst die lockersten Gottheiten höchst vorsichtig, wenn es um die Verwaltung der eigenen Leute ging. In den meisten Fällen gefiel es ihnen überhaupt nicht, wenn Mitglieder gehen wollten.

»Deine Bekannten wissen vielleicht auch manches, was sie niemandem erzählen können«, sagte Hestia zu Bell.

Bell wusste, was sie meinte. Seine Bekannten konnten wie Lili vor ihrer Familia geflohen sein. Sie waren Flüchtige, herrenlose Abenteurer, wie streunende Katzen. Bei Mia, der Inhaberin des Hostess of Fertility, sei es anders gewesen, hatte Syr ihm erzählt. Ihre Göttin hatte sie gehen lassen. Aber ein paar von Syrs

Kolleginnen hatten es wohl nicht so leicht gehabt. Wen eine Gottheit nicht gehen ließ, der hatte ein deutlich schwereres Leben.

»Selbst wenn man nicht aus freiem Willen der Familia beigetreten ist, können sie einen nicht wenigstens gehen lassen?«

»Die Kinder von Adligen gehören zum Adel, Bauernkinder zu den Bauern«, erklärte Lili. »So ist das nun mal, Meister Bell.«

Bekamen Mitglieder einer Familia Kinder, so gehörten auch sie ihr automatisch an. Aus Sicht der Götter hatten sie dieselben Pflichten wie ihre Eltern, und es kümmerte sie nicht, wie die Kinder darüber dachten, die sich dieses Leben nicht ausgesucht hatten. Am Ende entschied die Gottheit, ob jemand die Familia verlassen durfte. Die Frage war, ob man mit einem wohlwollenden Gott gesegnet war oder nicht. Hatte man Pech, verlangte die Gottheit eine große Geldsumme. Andere Götter stellten Kindern, die sie verlassen wollten, unschaffbare Aufgaben und sahen ihnen feixend beim Scheitern zu.

Bell schaute ein wenig betrübt die lächelnde Lili an. »Ohne Somas Hilfe erhältst du auch keinen Segen ... Ein Religionsübertritt wäre auch unmöglich, oder?«

»So sieht es aus ...«

»Aber du willst doch nicht für immer in dieser Lage bleiben, oder? Willst du ihn nicht mal fragen?«

»Jetzt gerade geht es wohl nicht, aber bei Gelegenheit werde ich mich an ihn wenden. Ich weiß aber nicht, ob seine Antwort positiv ausfallen wird ...«

Sie verfielen in Schweigen. Alle schienen für eine Weile in Gedanken versunken zu sein. Die Sonne brannte vom Himmel auf sie nieder, schön und erbarmungslos zugleich.

Schließlich hob Bell den Kopf. »Na gut, Lili. Was willst du jetzt machen? Gehst du wieder alleine in eine Herberge?«

»Ich kenne da einen Laden ... Es gibt dort einen hilfsbereiten alten Gnom, der mich eine Weile bei sich unterschlüpfen lässt – auch wenn er nicht weiß, wer ich wirklich bin. Ach, und ich gehe natürlich arbeiten. Ich versuche, mich nicht unnötig zu verwandeln, und gucke, dass man mich akzeptiert.«

Lili klang recht unbeschwert, und offenbar hatte sie eine Bleibe. Das beruhigte Bell ein wenig. Aber er würde darüber wohl einmal mit Eina reden müssen. Es war ihm zwar etwas peinlich, aber ohne ihre Hilfe würde sich das Problem wohl kaum lösen lassen. Normalerweise mischte sich die Gilde nicht in die Angelegenheiten einer Familia ein. Sie war für die Verwaltung Orarios zuständig und keine Wohlfahrtsorganisation für Abenteurer und Supporter. Ja, sie unterstützte Abenteurer dabei, möglichst effektiv Gewinne im Dungeon zu erzielen, doch um ihre persönlichen Probleme kümmerte sie sich nicht. Der Gedanke, sich auf Einas persönliche Freundlichkeit verlassen zu müssen, bereitete ihm Kopfschmerzen.

»Sag mal, kommst du wirklich zurecht?«, fragte Hestia »Wenn du möchtest, kann ich dich auch bei meiner Arbeit vorstellen.«

»Lieber nicht. Am Ende vertue ich mich beim Umgang mit den Magiesteinen, und der ganze Stand geht in Flammen auf.«

»Wieso weißt du davon?!«

»Ich habe nur neulich was über eine Lolita-Göttin gehört, die das große Unglück der zentralen Nordstraße sein soll. Das ist in meinem Umfeld eine ziemlich bekannte Geschichte ...«

»Uwaaaaaah, verrate das doch nicht einfach vor Bell!!«

»Hnnnghs?!«

Als Bell die beiden Mädchen so fröhlich herumtoben sah, da wurde ihm klar, dass er gern alles auf sich nehmen wollte, damit er sie beide nur immer um sich hätte. Er sah Lili an, die zum ersten Mal aus tiefstem Herzen lächelte, und unwillkürlich hoben sich auch seine Mundwinkel.

Ich hatte mich von meiner Göttin und Lili verabschiedet und ging nun die Nordweststraße entlang, die auch Abenteurerstraße genannt wurde. Ich war auf dem Weg zum Gildenhauptquartier: Ich wollte Eina zumindest kurz berichten, was wir gerade über die Soma-Familia besprochen hatten.

Hier kamen viele Abenteurer durch, darum reihten sich auf beiden Seiten Geschäfte mit eindrucksvollen Fassaden, hier ein Accessoiregeschäft in einem Backsteingebäude, dessen Eingang hübsch geschmückt war, dort ein Item-Laden mit einer Front aus grauem Stein. Alle Waren, die in den Schaufenstern ausgestellt waren, waren von hoher Qualität.

Es herrschte reges Treiben, denn die Läden hatten geöffnet. Aus irgendwelchen Gründen sah ich viele Halbmenschen in Alltagskleidung, die keine Waffen oder Ausrüstung bei sich trugen. Vielleicht machten heute viele Abenteurer frei? Sie lachten und unterhielten sich über verschiedenste Themen.

Wie gern hätte ich zu ihnen gehört. Es machte mich ein wenig neidisch, zusehen zu müssen, wie sie alle mit eingeschworenen Kameraden für die nächste Erkundung des Dungeons einkaufen gingen.

Dann sah ich weiter voraus auf der breiten Straße einen großen Tempel aufragen: Das Pantheon.

Ich überquerte den Vorhof, schritt zwischen den großen weißen Säulen hindurch und betrat das Gildenhauptquartier. Sonst drängten sich hier meine Berufskollegen, doch jetzt am

Nachmittag war nicht viel los: Die meisten Abenteurer waren längst in den Dungeon aufgebrochen. Derart leer wirkte das marmorne Foyer besonders groß. Dann erspähte ich Eina.

An ihrem Schalter stand eine Abenteurerin. Sie trug etwas bei sich, das in weißen Stoff gewickelt war, und erzählte irgendetwas. Eina machte zustimmende Laute, sah jedoch nachdenklich aus. Während ich mich näherte, achtete ich nicht weiter auf die Frau, die mir den Rücken zugewandt hatte. Nur das lange blonde Haare kam mir vage bekannt vor.

Als ich schließlich nah genug heran war, bemerkte Eina mich und sah mich aus ihren smaragdgrünen Augen an. Jetzt drehte sich auch die Abenteurerin langsam zu mir um.

Oh …

Unter dem langen blonden Haar blickten zwei goldene Augen hervor. Mit dem schmalen Kinn, dem schlankem Hals und der makellosen, strahlend weißen Haut war sie einfach nur wunderschön. So plötzlich ihre zauberhafte, göttinnengleiche Gestalt vor mir zu sehen, raubte mir einen Moment lang die Sprache.

Aiz … Wallenstein?

Auch die beiden sagten nichts, und so standen wir eine Weile nur schweigend da, ich Auge in Auge mit Fräulein Wallenstein, Eina daneben. Immer wieder schaute sie zwischen uns beiden hin und her. Ich bekam keine Luft mehr. Unter dem Blick dieser goldenen Augen war mein Kopf plötzlich komplett leer. Das Schweigen kam mir ewig lang vor.

Dann plötzlich, mit unveränderter Miene, drehte ich mich um und kehrte den Frauen den Rücken. Ich hörte noch, wie eine der beiden einen erschrockenen Laut von sich gab, und dann rannte ich auch schon mit Vollgas auf den Ausgang zu.

»Be… Bell?!«, rief Eina mir nach. »Warte!«

Aber ich hörte nicht auf sie, rannte einfach weiter, wild mit den Armen schwingend. Ich wollte einfach nur hinaus.

Was macht sie bei Eina?! Was geht hier vor sich?!

Ich spürte, wie ich rot wurde: zuerst der Hals, dann Kopf und Ohren. Mein Instinkt trieb mich immer schneller vorwärts. Ich war völlig durcheinander, wollte bloß noch fort von hier, über den Vorhof und auf die Straße hinaus.

Aber im nächsten Moment lief jemand neben mir, überholte mich mit übermenschlicher Geschwindigkeit und stellte sich mir in den Weg. Blondes Haar wehte im Wind, und zwei goldene Augen blitzten mir entgegen.

»Hirghs?!«

Entsetzt riss ich die Augen auf. Ich konnte nicht mehr bremsen, raste unaufhaltsam auf sie zu.

»Bell?«, rief Eina hinter mir, ich hörte ihre eiligen Schritte. »Fräulein Wallenstein?«

Ich kniff die Augen zu und wartete auf den Zusammenprall ... aber es kam kein Schmerz. Als ich wieder hinsah, stellte ich fest, dass ich in der Waagerechten schwebte, umschlungen von schlanken Armen. Verträumt schaute ich auf: Meine Retterin blickte mit leicht gerunzelter Stirn auf mich herab.

»Entschuldige«, sagte sie. »Alles in Ordnung?«

»Hrghs ... E... Es tut mir leid!«

Mein Gesicht wurde noch viel röter, während ich versuchte, mich ihrem Griff zu entwinden.

Ich hätte den Zusammenstoß nicht mehr verhindern können, doch sie hatte meinen Ansturm mühelos gebremst und mich einfach aus der Luft gefangen. Und nun hielt sie mich im Arm, und mein Herz klopfte wie verrückt. Unfassbar, dachte ich benommen, diese Körperbeherrschung!

»Was machst du denn?!«, tadelte Eina mich. »Wie unhöflich, einfach wegzulaufen!«

»T… Tut mir leid …«, entschuldigte ich mich fast reflexartig und wich ihrem Blick aus. »A… Aber worüber habt ihr eigentlich gesprochen?«

Eina seufzte, als sie mein ratloses Gesicht sah. »Fräulein Wallenstein ist deinetwegen hergekommen«, erklärte sie.

»Hä?!«

Ich wirbelte zu Fräulein Wallenstein herum. Da wickelte sie bedächtig ihr Bündel aus: Es war ein smaragdgrüner Armschützer. Ich sah ihn mit großen Augen an.

»Sie hat ihn im Dungeon aufgelesen. Gerade eben hat sie mich gefragt, wie sie ihn dir am besten persönlich zurückgeben könnte.«

Wie erstaunlich. Vor drei Tagen hatte ich diesen Armschützer verloren, als mich ein starkes Monster angriff. In dem Moment hatte ich nur daran gedacht, Lili zur Rettung zu eilen, und dann war keine Gelegenheit mehr gewesen, ihn wieder einzusammeln …

Nun wurde mir klar, wer mich damals gerettet hatte, als ich von Ungeheuern umringt gewesen war: Die Frau, die jetzt vor mir stand.

»So, Bell, dann redet ihr beiden mal miteinander.«

»Hä?!« Ich fuhr zu ihr herum. »Wa… Warte mal, Eina!«, flüsterte ich flehentlich. »Ich bitte dich, bleib hier! Ich sterbe sonst!«

»Was redest du? Du bist doch ein Mann, oder? Du hast ihr doch einiges zu sagen. Mach das mal allein.« Dann flüsterte sie noch nahe an meinem Ohr: »Du schaffst das.«

Wahrscheinlich wollte sie Rücksicht nehmen und uns beide allein lassen. Ich wäre am liebsten in Tränen ausgebrochen.

Als sie wieder im Gildenhauptquartier verschwand, fühlte ich mich ein wenig wie ein alleingelassenes Haustier.

»Ähm ... Hier«, sagte Fräulein Wallenstein hinter mir.

Ich drehte ich mich um und nahm schnell den Armschützer wieder an mich. Sie war etwa so groß wie ich oder vielleicht ein wenig kleiner. Nun stand sie mir gegenüber und sah mich unverwandt an. Ich wurde so rot wie Magma und bekam den Mund nicht mehr auf.

»Bitte verzeih mir«, sagte sie plötzlich.

»Hä?«

»Ich hab damals den Minotaurus entkommen lassen. Damit habe ich dich in Gefahr gebracht, und du wurdest verletzt ... Ich wollte mich schon lange dafür entschuldigen. Es tut mir echt leid.«

Sie senkte den Blick und verbeugte sich leicht. Ich schluckte. Doch dann nahm ich meinen Mut zusammen.

»A... Ach was! Du kannst doch nichts dafür, dass ich so leichtsinnig war und auf die tiefere Ebene gegangen bin. Fräulein Wallenstein, dich trifft überhaupt keine Schuld! Außerdem hast du mir das Leben gerettet! Eher sollte ich mich entschuldigen, dass ich immer weggelaufen bin, ohne mich ordentlich zu bedanken ... E... Es tut mir leid!«

Ich war so außer Fassung, dass all die Dinge, die unbedingt gesagt werden mussten, einfach aus mir hervorsprudelten. Unter anderen Umständen wäre ich vor Scham darüber vergangen, dass sie sich gerade bei mir entschuldigt hatte.

»Ähm, also ... Deswegen ...« Mit war von Kopf bis Fuß glühend heiß. Ich suchte nach den nötigen Worten und brachte sie endlich heraus: »Ich ... bedanke mich herzlich dafür, dass du mich immer wieder gerettet hast!«

Ich verneigte mich tief vor ihr und blickte zitternd auf das Pflaster hinunter. Schweiß lief mir über Stirn und Nase und tropfte auf den Boden. Der Straßenlärm drang wie von fern her zu mir. Dafür hörte ich meinen Puls umso lauter schlagen.

Mehrere Sekunden verharrte ich in meiner Position, dann fasste ich Mut und richtete mich wieder auf. Fräulein Wallenstein schaute leicht verwundert, lächelte jedoch ein wenig.

Ich lief so schlagartig rot an, dass man es fast knallen hörte. Um ihrem Lächeln zu entkommen, senkte ich den Blick und versteckte mich hinter meinem Pony. Ich spürte Hitze in der Brust. Selbst mein Rücken schien in Flammen zu stehen.

Unser Gespräch war ins Stocken geraten. Weder ich noch Fräulein Wallenstein brachten etwas heraus, und so verstrich einfach nur die Zeit. Es kam auch gerade weder ein Abenteurer noch sonst jemand an uns vorbei, und so standen wir bloß hilflos zusammen auf dem Vorhof herum.

»Du gibst dir im Dungeon große Mühe, oder?«, brach sie schließlich das Schweigen.

»J... Ja!«

Fräulein Wallensteins Miene ließ noch immer kaum eine Emotion erkennen. »Du hast schon Ebene 10 erreicht ... Beeindruckend.«

»N... Nein!«, rief ich und fuchtelte mit den Händen. »Das hab ich nur der Unterstützung anderer zu verdanken. I... Ich muss noch viel stärker werden! M... Mein Ziel liegt noch in weiter Ferne!«

Ich bewunderte sie so sehr, und nun lobte sie mich auch noch. Immer mehr geriet ich in Panik, und mir wurde schwarz vor Augen.

»Ich hab mir das Kämpfen selbst beigebracht und bin noch Anfänger. Ich mach komische Sachen und werde immer wieder fast von Monstern besiegt. Ich müsste viel stärker werden, bin aber komplett unfähig. Ich krieg das alles noch gar nicht hin. Ähm ...«

Ich konnte nicht mehr anhalten, und die Worte flossen einfach so aus mir heraus. Was redete ich nur? Sollte das Bescheidenheit sein? Wollte ich mich selbst erniedrigen?

Während ich ganz durcheinander war, meine Wangen noch immer heiß, stand Fräulein Wallenstein nur still da und beobachtete mich. Ich sah, wie ihr Kinn sich bewegte, als würde sie nachdenken. Erst dann bemerkte ich ihre Miene.

»Ähm I… Ist irgendetwas?«, fragte ich zögerlich.

Schweigend schaute Fräulein Wallenstein mich an, und es verging eine lange Zeit, bis sie etwas sagte. »Wenn das so ist ... soll ich es dir dann beibringen?«

»Was?«

»Wie man kämpft. Du hast doch niemanden, der dich unterrichtet, oder?«

Es dauerte einige Zeit, bis ich verstand, was sie damit sagen wollte. Verwirrt sah ich sie an.

»W… Wieso würdest du so etwas machen?!«

»Du willst doch stärker werden, oder? Das kann ich gut nachvollziehen.« Etwas leiser fügte sie hinzu: »Außerdem muss ich was wiedergutmachen.«

Sie war völlig ruhig, ganz im Gegensatz zu mir. Sie wollte mir das Kämpfen beibringen? Sie, die ich um jeden Preis einholen wollte, würde meine Lehrmeisterin sein? Ja ging das denn überhaupt? Wäre das nicht irgendwie gegen die Regeln? Jemand wie ich sollte mir ihr in Berührung kommen? Und würde das nicht Probleme zwischen unseren Familias geben?

Unzählige Fragen schossen mir durch den Kopf. Aber dann ging mir auf, dass ich eigentlich nur verzweifelt vor dem floh, was ich mir in Wahrheit wünschte. Ich wollte mit ihr reden, sie kennenlernen, gemeinsam lachen und Zeit verbringen. Ich sehnte mich wahnsinnig nach hier, wünschte mir aus tiefstem Herzen nichts mehr, als bei ihr zu sein.

Während mich meine Gefühle beinahe zerrissen, hatte ich die Entscheidung eigentlich schon getroffen. Und dennoch musste ich noch eine Weile nachdenken, grübeln und mich selbst ergründen.

Aiz betrachtete Bell ruhig, während er mit hochrotem Kopf dastand und mit sich kämpfte. Sie hatte nicht gelogen, als sie ihm den Grund für ihr Angebot genannt hatte. In Bells Worten und Taten hatte sich überdeutlich sein Wunsch ausgedrückt, neue Höhen zu erreichen, so viel stand fest. Aber natürlich bot sie ihm ihre Hilfe nicht aus reiner Nächstenliebe an, sondern versprach sich auch etwas davon.

Bei dem Vorfall mit dem Silberrücken hatte sie zum ersten Mal ein sonderbares Gefühl gehabt. Und nun war Bell bis auf Ebene 10 vorgedrungen. Sie hatte aus nächster Nähe miterleben dürfen, wie er in dieser kurzen Zeit so gewaltig vorangekommen war, und war schwer beeindruckt. Der unerfahrene Abenteuerneuling, den sie damals vor einem Minotaurus gerettet hatte, hatte so große Fortschritte gemacht, dass er damit ihr Interesse geweckt hatte.

Ich will mehr erfahren ...

Sie wollte das Geheimnis hinter seinem Wachstum ergründen, wollte herausbekommen, was dahinter steckte. Und zwar für sich selbst. Dies war einer der Hauptgründe, weswegen sie ihm angeboten hatte, seine Lehrerin zu sein.

»Das wäre wirklich zu viel ...«, druckste er herum. »Aber so ein gutgemeintes Angebot sollte ich natürlich ...«

Gleichzeitig kam sie sich ein wenig schuldig vor. Der Junge nahm an, dass das Angebot von Herzen kam, und das versetzte ihr einen Stich. Während er noch mit sich rang, den Kopf in den Händen, schaute Aiz an ihm herunter. Er umklammerte den Knauf des Schwertes an seiner Hüfte, als wollte er damit seine eigenen Bedenken durchtrennen.

»Ähm, Fräulein W... Wallenstein ...«

Der Junge mit dem weißen Haarschopf hob den Blick. Seine Wangen waren noch immer gerötet, aber nun sah er sie direkt an. Dann verbeugte er sich nachdrücklich.

»A... Auf eine gute Lehrstunde!«

Das hatte sie davon. Wegen ihrer Schuldgefühle würde sie nun die Erwartungen dieses Jungen erfüllen müssen.

»Ja ... Auf gute Zusammenarbeit.«

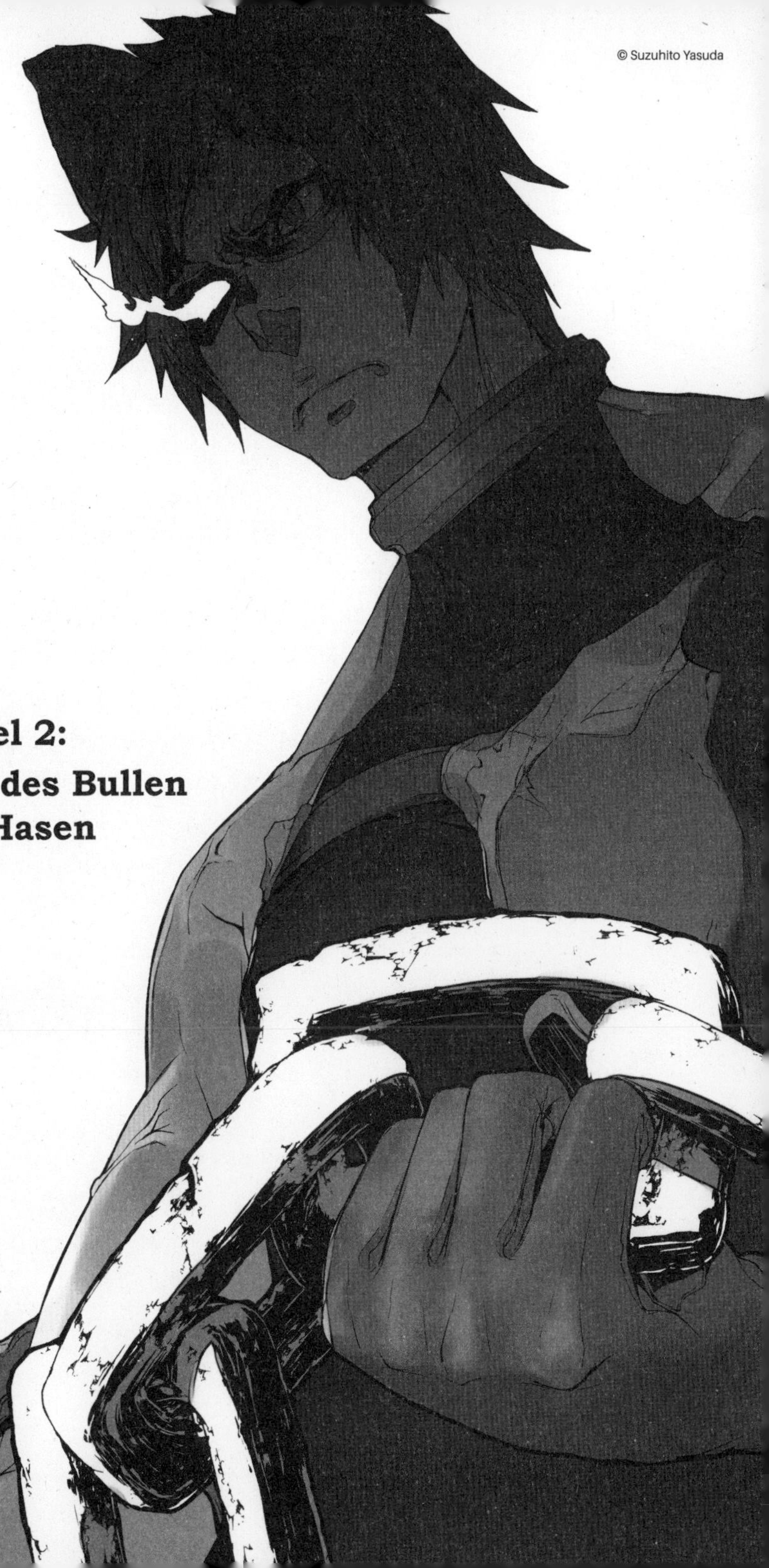

Kapitel 2: Training des Bullen und des Hasen

Der Himmel war dunkel, die Sonne im Osten noch nicht zu sehen. Es war die ungewisse Zeit zwischen Nacht und Morgen. Ich stand zum ersten Mal auf der gewaltigen Stadtmauer, die die Labyrinthstadt Orario umgab. Um hier heraufzusteigen, war ich zu einer für mich fast unmöglichen Zeit aufgestanden.

Dies war der nordwestliche Rand. Von hier aus hatte man einen atemberaubenden Blick auf die Stadt. Ich sah das Pantheon, das Amphitheater, die Häuser mehrerer berühmter Familias und noch viele weitere kolossale Bauwerke. Mein Blick reichte weit in die Ferne, und ich betrachtete alles voller Staunen: den Turm Babel, der in der Stadtmitte hoch über den Stadtmauern aufragte und alles mit seiner Präsenz überschattete, aber ebenso sehr die vielen kleinen Häuser. Von diesem Ausblick würde ich nie genug bekommen.

Die acht großen Hauptstraßen teilten die Stadt in acht Bezirke ein, in denen sonst hektisches Treiben herrschte, die nun jedoch ein wenig stiller dalagen. Erst jetzt erloschen die letzten Magiesteinlaternen, und Orario schien in einen kurzen Schlummer zu fallen.

Ich bekam eine Gänsehaut bei dem Gedanken, dass auch ich in dieser gewaltigen Stadt lebte.

»Bist du bereit?«, sagte jemand mit glockenheller Stimme.

»Äh, j... ja!«

Ich wandte mich zu Fräulein Wallenstein um. Nur ihretwegen war ich jetzt gerade hier: Weil sie mir das Kämpfen beibringen wollte.

In wenigen Tagen wollte die Loki-Familia auf eine Expedition in den Dungeon gehen. Deswegen blieb nur wenig Zeit für meine Unterweisung: Das Training musste sofort beginnen und konnte nur bis zum Aufbruch der Familia andauern.

»Es tut mir leid, dass ich dich hierher bestellt habe ...«

»N... Nein, schon gut!«

Sie war ein wichtiges Mitglied der Loki-Familia und musste sehr vorsichtig sein: Wenn herauskäme, dass sie jemanden aus einer anderen Gruppierung im Kampf unterrichtete, würde das zu Problemen führen. In aller Frühe, hier draußen auf der Stadtmauer, hofften wir, den Blicken anderer zu entgehen.

Bei ihrer Stellung konnte sie mich nicht jederzeit und überall trainieren, das war mir vollkommen klar. Auch ich hatte nur diese frühe Stunde erübrigen können, denn später musste ich noch in den Dungeon und meinen Lebensunterhalt verdienen.

»Ä... Ähm, Fräulein Wallenstein? Was soll ich ...«

»Aiz«, unterbrach sie mich.

»Wie?«

»Nenn mich einfach Aiz.«

Als sie das sagte, traf mich fast der Schlag.

»Alle nennen mich so«, fügte sie mit leiser Stimme hinzu. »Oder möchtest du nicht?«

»D... Doch, gern! Ich hab nichts dagegen.«

Ich hielt mir eine Hand vor den Mund. Mein Gesicht war puterrot – was natürlich absolut nichts Neues war in Fräulein Wallensteins ... beziehungsweise Aiz' Gegenwart. Erneut wurde mir bewusst, wie seltsam diese Situation war.

»A... Aiz. Was genau soll ich denn jetzt machen?«

»Was du machen sollst ...« Aiz senkte ihr schmales Kinn und runzelte die Stirn. »Seit gestern denke ich ständig darüber nach.«

Sie schaute zur Seite und ließ die Schultern hängen wie ein ausgeschimpftes Kind. Ihre mysteriöse und fast heilige Ausstrahlung war auf einen Schlag wie weggeblasen. Wie seltsam: Ich hatte Aiz so sehr aus der Ferne angeschmachtet, doch nun, da sie vor mir stand, wirkte sie ganz anders ...

»Üben wir mal das Zustechen.«

»Ähm ... J... Jawohl.«

Ich zog meinen Dolch heraus und schwang ihn zwei, drei Mal. Sofort brach mir der Schweiß aus: Es machte mich verlegen, dass Aiz mich aus nächster Nähe so konzentriert beobachtete.

»Verwendest du etwa nur das Messer?«

»Wie?«

»Bekannte von mir, die Messer verwenden, setzen dazu noch Tritte und andere Nahkampftechniken ein.«

Im Kampf gegen Monster verwendete ich tatsächlich am liebsten nur meine Waffe. Die Anzahl der Schläge und Tritte, die ich ausgeteilt hatte, konnte ich fast an einer Hand abzählen. Unschlüssig schaute ich an mir herab.

»Gib mal her«, sagte Aiz plötzlich und nahm sich meinen Dolch. Anscheinend wollte sie mir zeigen, wie man Schläge und Tritte einsetzte. »So ...«

Sie hielt das Messer verkehrtherum in der rechten Hand und riss das linke Knie hoch. So blieb sie stehen und legte den Kopf schief. Sie ließ das Bein sinken, hob es erneut – und neigte dabei wieder den Kopf.

Schweigend blickte ich sie an.

Immer wieder hob sie das linke Knie und legte dabei den Kopf schief. Ich geriet immer mehr ins Schwitzen. Irgendwie machte es mich verlegen, Aiz bei ihren Bewegungen zuzuschauen und sie nachzuahmen.

War sie einfach ein Naturtalent und wusste nicht, wie ...

»Mhm ...«

Plötzlich ging ein Ruck durch ihren Körper.

»Hä?«

Es knirschte unter ihrem Standbein, und dann wirbelte sie herum. Wie ein Idiot stand ich da, während ihr rechtes Bein in einem Bogen in die Höhe schoss, sah unter ihrem Minirock ihre hellblaue Leggings aufblitzen, ihr schneeweißer Oberschenkel sauste auf mich zu - und dann traf mich ihr Fuß gegen die Brust, und ich flog rückwärts.

»Ha!«

Es war ein äußerst schneller Roundhouse-Kick gewesen, selbst erstklassige Abenteurer hätten ihn vielleicht nicht kommen sehen. Ich krachte zu Boden, rutschte noch ein ganzes Stück über den Wehrgang und blieb schließlich liegen, alle viere von mir gestreckt. Ich hatte keinerlei Zeit gehabt, um zu reagieren oder auch nur zu schreien.

Was für ein Treffer! Ich war kurz davor, das Bewusstsein zu verlieren. Fast alle Kraft hatte meinen Körper verlassen. Zitternd hob ich den Kopf und sah, dass Aiz aus ihren großen Augen auf mich herunterblickte, beinahe verträumt.

Naturtalent, dachte ich noch, dann verlor ich das Bewusstsein.

»Entschuldige ...«

Als ich kurze Zeit später wieder erwachte, blickte Aiz mit trauriger Miene auf mich herab. Ich zwang mich zu einem Lächeln, aber mir tat noch immer die Brust weh, und ich befürchtete, ich müsse ersticken.

Auch danach probierte Aiz noch allerlei Dinge mit mir aus, aber nichts klappte so richtig. Sie dachte verzweifelt nach, und ich fragte mich die ganze Zeit, ob ich irgendetwas sagen sollte. So verging die Zeit, und die Sonne hatte sich noch immer nicht am Horizont gezeigt.

»Wir sollten ... einfach kämpfen«, sagte Aiz endlich.

»Wie?«

Sie stellte sich aufrecht hin und zog ihr Schwert. Auch ich straffte mich und sah sie beunruhigt an, aber sie lehnte das gezogene Schwert an die Mauer und stellte sich, nur mit der Scheide bewaffnet, mir gegenüber auf.

»Ich kann leider nicht so gut erklären wie Riveria und die anderen … So geht's wohl besser.«

Auf einen Schlag hatte sich ihre Ausstrahlung komplett verändert. Sie hielt die Scheide in der Hand, die ungefähr die gleiche Länge wie ihr Schwert hatte, und ging ruhig in Kampfhaltung.

Gerade hatte ich noch herumgestanden, doch nun reagierten meine Muskeln. Rasch hatte ich meinen Dolch gezogen und stand kampfbereit da.

»Ja «, murmelte sie. »So ist es gut.«

»Was?«

»Genauso wie du gerade reagiert hast, möchte ich, dass du gleich, wenn wir anfangen, verschiedene Dinge spürst.«

Offenbar erwartete sie, dass ich bei dem Trainingskampf ganz von ganz allein etwas lernte. Unsere Waffen würden aufeinander prallen. Wir würden die Bewegungen des anderen vorhersehen und jede Blöße ausnutzen.

»Aber die Klinge meiner Waffe ist nicht gerade stumpf …«

»Keine Sorge«, sagte sie nur.

Ich schluckte. Nun, da ich ihr direkt gegenüberstand und sie kampfbereit vor mir sah, wurde mir klar, dass ich mir um sie ganz gewiss keine Sorgen machen musste. Nichts als eine leere Schwertscheide reckte sie mir entgegen, und doch fühlte ich mich kraftlos und klein.

Schweigend blickten wir einander an, und die Anspannung kitzelte mich in den Ohren. Im Osten war nach wie vor kein Licht. Aiz stand völlig reglos da. Auch ich bewegte mich nicht – hätte es ohnehin nicht gekonnt. Wie ich es auch anstellen würde, sie würde mich in Stücke reißen. Nur ein Schritt nach vorn, und ich wäre in Reichweite ihres Aufwärtshiebs.

Wie lange war es her, dass sich der Dolch in meiner verschwitzten Hand so nutzlos angefühlt hatte?

»Du hast Angst, oder?«

Ich blickte sie erschrocken an.

»Wenn man solo in den Dungeon geht, ist Furcht eine wirklich nützliche Eigenschaft. Aber du fürchtest dich noch vor etwas anderem.«

Diese Worte wollte ich am allerwenigsten hören, und schon gar nicht von ihr. Sie zeigte jedoch keine Regung und machte nur langsam einen Schritt nach vorn.

»Ich weiß nicht, wovor du dich konkret fürchtest«, sagte sie, »aber wenn der Moment kommt, wirst du sicher nur wieder weglaufen können.«

Die Sicherheit, mit der sie das sagte, versetzte mir einen Stich. Mit einem Mal war mir heiß am ganzen Leib. War es Scham oder eher Entrüstung? Zum größten Teil wohl Ersteres. Ich verstand es selbst nicht, ahnte jedoch, dass sie recht hatte. Schon glaubte ich beinahe, hinter mir das Brüllen eines anstürmenden Minotaurus zu hören.

Eigentlich war jetzt nicht der richtige Moment für solche Gedanken, aber ich fühlte mich erbärmlich. Nur mit Mühe gelang es mir, nicht mit den Zähnen zu klappern. Mit feuchten Augen blickte ich zur Seite.

Dann umklammerte ich fest meinen Dolch und ging in Angriffshaltung. Ich spannte meinen ganzen Körper an, näherte mich einen Schritt, noch einen – und dann stürmte ich auf Aiz zu.

»Uwaaaaaaaaah?!«

»Das bringt nichts.«

Sie überrumpelte mich völlig. Ich hörte etwas durch die Luft sirren, dann wurde ich herumgerissen, und im nächsten Moment wurde ich innig von den Steinplatten empfangen. Meine Seite schmerzte ungeheuerlich.

»Ah ... Arghs?!«

»Du darfst nicht einfach drauflosstürmen«, erklärte sie ruhig. »Mach das im Dungeon niemals!«

Ihre Worte drangen kaum zu mir durch. Sie hatte mich einfach niedergemäht. Während ich den Dolch auf sie gerichtet hatte, hatte sie mir mit unfassbarer Geschwindigkeit die Scheide seitwärts in die ungeschützte Flanke gerammt. Ich hingegen hatte nur kurz irgendetwas aufblitzen sehen.

Ich hatte es ja gewusst. Natürlich hatte ich es gewusst. Dennoch ... Wie schnell sie war!

»Kannst du aufstehen?«, fragte sie über mir.

Wortlos stützte ich mich auf und rappelte mich auf. Mein Atem ging schwer. Die Schmerzen in der Seite raubten mir fast das Bewusstsein. Gern wäre ich in Tränen ausgebrochen, aber das durfte ich jetzt auf keinen Fall. Ich biss mir kräftig auf die Unterlippe und stellte mich Aiz erneut entgegen.

»Du bist wohl nicht an Schmerzen gewöhnt ...«, meinte sie.

»Urghs?!«

»Aber du darfst keine Angst vor ihnen haben.«

Ein Stoß, blitzschnell, direkt in die Magengrube, und ich wurde ungebremst nach hinten geschleudert. Dann ein heftiger Schlag gegen meinen Hinterkopf. Mir blieb die Luft weg.

»Kannst du aufstehen?«, fragte Aiz, freundlich und unbarmherzig zugleich.

Unter Schluchzern schaffte ich es irgendwie, mich zu erheben.

»Wenn du solo im Dungeon unterwegs bist«, erklärte sie, »darfst du keine toten Winkel entstehen lassen. Behalte immer alles im Blick!«

»Hngh!«

»Fast.«

»Harghs?!«

Ich dachte gerade, ich wäre ausgewichen, da kam schon die Folgeattacke. Mir wurden die Beine weggezogen, als wäre ich gegen eine Absperrung gelaufen. Diesmal gab ich der Steinplatte einen sinnlichen Kuss.

Übrigens trug ich meine leichte Rüstung. Dennoch steckte ich gewaltigen Schaden ein.

»Kannst du aufstehen?«, fragte sie ruhig.

Ich kämpfte mich hoch und hatte das Gefühl, dass meine Nase blutete.

»Versuch erstmal, einfach nur mitzubekommen, was passiert. Du musst lernen, die Bewegungen deines Gegners vorherzusehen.«

»Hnghs?!«

»Genau.«

»Brghs?!«

Gerade als ich den Arm hob, wurde ich umgerissen und fiel auf die Seite. Wieder hatte ich einen direkten Treffer eingesteckt, obwohl ich den Dolch vor mich gehalten hatte: Die Scheide war einfach daran vorbeigehuscht.

»Kannst du aufstehen?«

Als wären es magische Worte, stand ich auf.

»Du bist anscheinend nicht besonders gut im Verteidigen«, stellte sie fest.

»Hnnnnngh?!«

Schlag um Schlag um Schlag um Schlag. Unzählige Hiebe teilte sie aus. Jeder Fluchtweg war mir abgeschnitten, und da ich keinen ihrer Angriffe abwehren konnte, vermöbelte sie mich nach Strich und Faden mit ihrer Scheide. Dann ein härterer Treffer, und ich krachte auf die Platten.

Längst konnte ich nicht mehr aufstehen und krabbelte auf den Knien durchs Halbdunkel. Meine erbärmlichen rauen Atemzüge kamen als Echo zu mir zurück.

»Hochrangige Abenteurer wie ich beobachten oft, wie Abenteurer sich von ihrem Status in die Irre führen lassen.«

»Hä?«

»Sie alle verlassen sich zu sehr auf den Segen. Talente und Fähigkeiten sind jedoch etwas ganz anderes.«

Unter Schmerzen öffnete ich die Augen.

»Dir fehlen Technik und Taktik«, konstatierte sie. »Beides würde dir bleiben, auch wenn du einmal deinen Status verlieren solltest. Und dies ist das einzige, was ich für dich tun kann: Dir diese beide Fähigkeiten zu vermitteln.« Sie wandte kurz den Blick ab, dann sah sie mich wieder an und fuhr fort: »Verteidigung ist deine große Schwäche, daher ist das die erste Aufgabe. Durch das Training wirst du meine Angriffe erahnen lernen, sodass du sie abwehren kannst. Wenn wir so weitermachen, wirst du das Kämpfen lernen, ob du willst oder nicht. So kommst du deinem Ziel, von dem du gesprochen hast, sicher einen Schritt näher.«

Aus ihren goldenen Augen schaute sie auf mich herunter, der ich noch immer verdutzt am Boden lag. Ich sah ihr an, dass sie es ehrlich meinte. Eigentlich hätte ich am liebsten meine Niederlage eingestanden, aber sie wartete sichtlich darauf, dass ich erneut aufstand.

»Na, geht's noch?«

»Hngh ... Noch einmal bitte!«

Sie hatte mich Schwächling in vollem Ernst als Schüler akzeptiert und kümmerte sich um mich. Und das würde ich nicht vergeuden, auch wenn ich ihr nicht viel zu bieten hatte. Ich mobilisierte alle meine Kräfte, um aufzustehen.

Und als lange Zeit später endlich die Sonne am Himmel stand, steckte ich noch immer ihre Schläge ein.

Grobe Felswände umgaben ihn. Trotz der hohen Decke lösten sie Klaustrophobie aus. Überall ragten scharfkantige Felsen aus den Wänden hervor, die schaurige Schatten warfen. Auch der Boden war uneben, das Gehen anstrengend.

Der Dungeon war ein kompliziertes Netz aus Höhlendurchgängen, Stollen und Tunneln, und überall gab es solche Felswände.

»Auf dieser Ebene hab ich schon lange nicht mehr Halt gemacht ...«

Ebene 17 des Dungeons. Dies war die Domäne der Abenteurer, die Level 2 erreicht haben. Monster mit gewaltigen Leibern streiften hier umher, doch Ottar erkundete diese Ebene ganz alleine.

Ein etwa faustgroßer Stein, der in die Decke des Labyrinths eingelassen war, beleuchtete seinen muskulösen Körper. Im Grunde trug er nichts außer einer leichten Rüstung. Mit seiner Größe von über zwei Medol hätte er eine dicke Vollpanzerrüstung tragen können, aber mit seiner Rüstung schützte er nur seine Schwachstellen. Dafür war jedes einzelne Panzerteil sehr dick. Es sah ein wenig so aus, als trüge er am ganzen Körper Schilde. Kaum jemand hätte dies als eine leichte Rüstung erkannt.

Über der rechten Schulter trug er einen großen, stabilen Sack, der bis zum Bersten gefüllt war.

Wann war er überhaupt zuletzt im Dungeon gewesen?

Bei jedem Schritt wankte der große Mann. Seine schweren Schritte hätten eigentlich lange nachhallen müssen, waren jedoch aus irgendeinem Grund lautlos, was äußerst seltsam anmutete. Dennoch hatte er eine ungeheure Präsenz. Kein Monster schien sich zeigen zu wollen, fast so, als hätten sie alle Angst vor ihm.

Eifersüchtig, hatte sie gesagt.

Während er die Umgebung genau im Blick behielt, dachte er an die Unterhaltung mit Freya zurück. Ob er eifersüchtig sein würde, hatte sie ihn gefragt. Er hatte nicht gelogen: Was auch geschah, niemals würde er an ihrer Liebe zweifeln, und er würde sie weiterhin verehren.

Die Göttin Freya war wie ein Wind, der über die Erde strich. Selbst wenn man seine Hand nach ihm ausstreckte, bekam man ihn nicht zu fassen. Spürte man ein Lüftchen, glitt es einem sogleich mit einem leisen Rauschen durch die Finger. Den Wind konnte man nicht bändigen, nicht für sich allein haben, nicht aufhalten. Er verlangte auch nicht nach einem Gefährten, flog schon lange Zeit allein umher. Fand er Reisende auf freiem Feld, so brachte er ihnen ein Lächeln, trieb sie vorwärts und umschmeichelte sie. Aber wenn sich die Reisenden umdrehten, war er längst irgendwohin verschwunden. Zugleich war der Wind gerecht und brachte seinen Segen allen Erdenkindern gleichermaßen. Manchmal wehte er heftiger, manchmal leichter; gelegentlich kam er als kalter Nordwind, dann wieder als lauer Frühlingswind. Er streichelte einem über die Ohren, flüsterte einem etwas zu. Unaufhaltsam war er. Der Wind würde ewig bestehen.

Solange Ottar und alle anderen auf der Erde wandelten, würde der Wind sie niemals allein lassen, selbst wenn sie weit fortgingen.

Dass ich hier bin ... ist doch eigentlich schon Antwort genug.

Was, wenn ein Himmel erschien, in den der Wind heimkehren wollte? Nach dem er sich sehnte? Ottar hier auf Erden bliebe dann nur, dorthin aufzublicken. Würde er sich dann seiner eigenen Nichtigkeit bewusst werden, komplett in Missgunst versinken? Missgunst und Eifersucht waren zwei Seiten derselben Medaille.

Wie unreif ich doch bin ...

Auf sein grobschlächtiges Gesicht trat ein Lächeln. Hätte jemand ihn so gesehen, er wäre sicher erschrocken. In dem Moment, als er Freyas Befehl nicht widersprochen hatte, hatte er sich in sein Schicksal ergeben. Von den Wänden hallte sein tiefes Lachen wieder, das selbstspöttisch klang.

»Hrmpf ...«

Er blieb stehen. Seine Tierohren, die unter dem Stirnschutz aus schwarzem Metall hervorragten, zuckten. Er wandte sich der Felswand zu: Aus einem Seitengang kam gerade schwerfällig ein dunkelroter Minotaurus hervorgetrottet.

»Muuuurrgh!«

»Da bist du ja.«

Das gewaltige, muskelbepackte Ungeheuer starrte Ottar aus blutunterlaufenden Augen an. Es hatte einen Rinderkopf und den Körper eines Menschen, und es war ungefähr so groß wie Ottar oder vielleicht ein wenig größer. Auch vom Körperbau her waren sich die beiden recht ähnlich.

Deswegen war Ottar auf dieser Ebene geblieben, die ihn ganz und gar nicht forderte: Er war auf der Jagd nach diesem brutalen Monster, das soeben vor ihm aufgetaucht war.

»Muuuuuuh!«

Der Minotaurus brüllte. In der Hand hielt er eine Steinaxt, eine natürliche Waffe, die er aus einer der sogenannten Landformen gewonnen haben musste. Es klebte rote Flüssigkeit daran: Das Monster hatte anscheinend schon mit einem Abenteurer gekämpft, ihm vielleicht sogar den Schädel gespalten. Selbst schien der Minotaurus jedoch keinen Schaden genommen zu haben.

Der kommt genau richtig, dachte Ottar und kniff seine rostbraunen Augen zusammen.

Er griff zu seinem Gürtel und ließ den Sack von seiner Schulter gleiten, und er krachte zu Boden. Zugleich war ein metallisches Scheppern zu hören.

»Mruooooooooooooooooh!!«

Der Minotaurus riss die Augen auf und stürmte brüllend auf Ottar zu, die Steinaxt emporgereckt. Seine Hufe schlugen Splitter aus dem Dungeonboden, und die ganze Höhle erbebte dabei, doch Ottar verzog keine Miene. Die rechte Hand hatte er an dem großen Sack, den linken Arm ließ er einfach herabhängen. Ohne seine Waffe zu ziehen, ließ er den Minotaurus kommen.

Als er mit donnernden Hufschlägen nahe genug herangeprescht war, hob Ottar nur lässig den linken Arm.

»Mroooooh ... Muuuh?!«

»Sehr gut ... Für dich hab ich mich entschieden.«

Er fing den Hieb mit einer perfekten Parade ab. Die Klinge der Steinaxt fiel in Stücken zu Boden. Der Minotaurus hatte mit ganzer Kraft zugeschlagen, aber Ottar hatte den Angriff einfach mit einer Hand abgefangen. Ja, seine Panzerung war stark, aber dies zeugte dennoch von einer erstaunlichen, unnatürlichen Widerstandskraft. Der Wolfstiermensch hatte sich nicht einmal groß gerührt. Ohne es auf einen Kampf ankommen zu lassen, hatte er den Ansturm des Minotaurus aufgehalten.

So hatte er ihn auf eindrucksvolle Weise in seine Schranken verwiesen. Instinktiv wich das Monster ein, zwei schwankende Schritte zurück. Es hatte zu spät begriffen, dass er es mit einer weit gefährlicheren Bestie zu tun hatte, als er selbst eine war.

»Stehengeblieben.«

»Groh?!«

»Oder willst du weiter auf mich einschlagen? Ja ... So ist's besser.«

Unter Ottars starrem Blick, blieb der Minotaurus tatsächlich stehen. Ottar sah zu, wie dem Monster die Reste der Steinaxt aus der Hand fielen, und dachte kurz nach. Schließlich griff er nach hinten, ohne den Minotaurus aus den Augen zu lassen, zog eins der Zwillingsschwerter hervor – sie waren so groß wie Langschwerter – und warf es dem Monster hin.

»Muoh?!«

»Nach dem, was du mir eben gezeigt hast, müsstest du damit eigentlich umgehen können. Versuch's mal.«

Ein wenig verwundert über die Freundlichkeit seines Gegenübers schaute der Minotaurus das Langschwert an. Er blickte zwischen Ottar und der Klinge hin und her, dann griff er ein wenig ängstlich danach und schloss die Pranke fest um den Griff.

Ihr habt es befohlen, Meisterin Freya. Und ich mache keine halben Sachen.

Sie hatte es Ottar überlassen, auf seine Art für das Wachstum des Jünglings namens Bell zu sorgen. Eigentlich gab es nur einen Weg, und das musste auch der Göttin klar gewesen sein, als sie ihm den Befehl erteilt hatte. Er würde diesen Minotaurus auf Bell ansetzen. Dem Jüngling stand ein dornenreicher Weg bevor.

Vielleicht hab ich es auch etwas weit getrieben.

Ottar hatte vorher mehrere Minotauren getestet und schließlich diesen ausgewählt. Immerhin war Freyas Wunsch, dass dieser Bell aus seiner Schale schlüpfte. Für einen Abenteurer auf Level 1 wäre ein Level-2-Minotaurus zu hart. Da bestand ein zu großer Kräfteunterschied, und es wäre geradezu Selbstmord, sich so einem Gegner allein zu stellen. Und so einem Ungeheuer hatte er nun auch noch eine Waffe gegeben. Und warum? Weil er Bell quälen wollte. Er musste wohl zugeben, dass er tief in seinem Herzen doch törichte Emotionen hegte. Dieser Bell ging ihm einfach nicht aus dem Kopf.

Doch war sein Ziel, Bell seiner Göttin zu entziehen? Zumindest diese Frage konnte er klar verneinen. Denn sollte Bell sterben, so würde Freya ihm sicherlich hinterherjagen. Sie würde ins Himmelsreich zurückkehren, um seine Seele in ihre eigene Brust zu locken. Und falls er dem Tod entrann, würde die Göttin Ottar nie wieder in seine Nähe lassen. Ob Bell überlebte oder starb, spielte für ihn dann keine Rolle mehr. So oder so würde seine geliebte Göttin ihn verfluchen.

Hier ging es nicht um Eifersucht. Dies war eine Bewährungsprobe. Und wenn er so ihre Zuneigung erringen konnte, dann würde er diese Prüfung bestehen! Er wollte sein Können beweisen. Wollte seiner Göttin Freya zeigen, dass er ihre Beachtung wert war. Ihre Aufmerksamkeit wollte er erringen, ihre Zuneigung, ganz für sich allein.

Nur eins wäre unverzeihlich: den Namen seiner angebeteten Gottheit zu besudeln. Freya hatte ihn verzaubert, und sie zu ehren war seine Pflicht. Das schärfte er sich immer wieder ein, wenngleich er seinem hehren Ziel wohl niemals ganz gerecht würde.

»Mruooooooh!!«

»Ich korrigiere mich: Lerne, das hier zu benutzen!«

Er wehrte das wild herumgerissene Langschwert mühelos ab. Wenn er wollte, dass das Monster seine Aufgabe ordentlich erfüllte, würde er es wohl eigenhändig unterrichten müssen. Funken stoben, und immer wieder hallte das Klirren von Metall durch den Gang. Aus einer Stunde wurden Dutzende.

Und das alles tat er nur für seine Göttin. Er wollte die Aufgabe, die sie ihm erteilt hatte, zum Erfolg führen.

»Meister Bell ... Warum bist du jetzt schon so ramponiert, obwohl wir erst losgehen?«

»Ha ... Ha ha ...« Ich lächelte erschöpft. »Es ist viel passiert.«

Es war jetzt schon der zweite Tag, seit Aiz' Unterweisungen begonnen hatten – oder besser gesagt die brutalen Trainingskämpfe gegen sie. Lili schien nicht gerade begeistert, dass ich schon schwer verletzt an unserem Treffpunkt erschien.

Dennoch konnte ich mich ihr nicht offenbaren und wollte es auch nicht. Sie sollte nicht erfahren, was für eine erbärmliche Figur ich gemacht hatte ...

Ich konnte nichts gegen Aiz ausrichten, wurde in einem fort verprügelt. Mir war natürlich klar gewesen, dass ich nicht auf Anhieb gewaltige Fortschritte machen würde, aber mittlerweile hatte sich meine Zuversicht, überhaupt irgendetwas bei dem Training zu lernen, schon beinahe in Luft aufgelöst. Eigentlich hatte ich gewusst, dass ich noch einen weiten Weg vor mir hatte. Doch irgendwie erschien Aiz mir jetzt nur noch mächtiger und unerreichbarer.

Niedergeschlagen trat ich durch das Tor. In der großen Halle der obersten unterirdischen Ebene waren weiße und hellblaue

Kreise auf den Boden gemalt. Die blumenartigen Muster, die an farbiges Glas erinnerten, waren unverändert schön.

Viele Abenteurer gingen im Turm Babel ein und aus. Der Großteil brach wie wir tagsüber in den Dungeon auf, aber es gab anscheinend auch einige, die ihn nachts erkundeten. In manchen Gruppen wurde herzhaft gelacht, in anderen niedergeschlagen dreingeschaut, was sicherlich mit den jeweiligen Leistungen im Dungeon zusammenhing. Jedenfalls verspannten sich bei dem Anblick der anderen Gruppen auch unsere Mienen ein wenig. Nun, wenn es nichts zum Lachen war, ging es auch niemanden etwas an.

»Es tut mir leid, Meister Bell.« Lili ließ die Schultern hängen, während sie neben mir die Stufen hinabging. »Obwohl du so erschöpft bist, musst du meine Sachen tragen.«

»Nein, ich bin selbst schuld, dass ich müde bin ... Außerdem ist ein leerer Rucksack doch gar kein Problem.«

Mit einem Lächeln warf ich ihn mir über die Schulter, um zu zeigen, wie leicht er war.

Lili und ich hatten gerade unsere Ausrüstungen getauscht. Ich hatte ihren Rucksack auf dem Rücken und war als Supporter verkleidet. Auch Lili trug nicht ihren typischen Umhang, sondern eine leichte Lederrüstung. Außerdem hatte sie sich meinen Armschutz, in dem mein Baselard steckte, wie eine Scheide auf den Rücken geschnallt ...

Warum hatten wir unsere Rollen getauscht? Ganz einfach: Es sollte niemand von der Soma-Familia herausfinden, dass Lili noch am Leben war. Zwar sah sie gerade wie ein typisches Tiermenschenmädchen aus, aber selbst jemand mit wenig Grips würde wohl merken, dass etwas faul war, wenn er sie mit einem Berg aus Gepäck auf dem kleinen Rücken sah. Es war außergewöhnlich, dass eine kleine Pallum einen so großen Rucksack trug, aber bei Kindern anderer Völker wäre es noch viel überraschender gewesen. Also waren wir übervorsichtig und nutzten diesen Trick, um Lilis Identität zu verheimlichen.

»Außerdem tauschen wir ja gleich wieder«, tröstete ich sie. »Mach dir also keine Sorgen.«

Es war alles nur Show. Sobald wir aus dem größten Gedränge heraus waren, würden wir die Ausrüstung zurücktauschen. Im schlimmsten Fall müssten wir bis Ebene 9 durchhalten: Auf Ebene 10 zog nämlich Nebel auf, und dann mussten wir uns um die Blicke anderer keine Sorgen mehr machen. Auf dem Rückweg würde jeder die Hälfte des Gepäcks tragen, damit wir keine Aufmerksamkeit erregten.

Seit dem Vorfall waren erst wenige Tage vergangen, daher fand ich es durchaus angebracht, besonders vorsichtig zu sein.

»Ähm, es ist für mich aber ganz schön belastend, dass ich dir ständig was schuldig bin, Meister Bell …«

Meine Supporterin klang niederschlagen, beinahe schmollend. Die Tierohren auf ihrem Kopf bogen sich leicht nach unten.

Ich lächelte unbehaglich. Dann sah ich mir Lili noch einmal genauer an. Für mich war der Baselard nur ein Kurzschwert, aber an Lili wirkte er eigentümlich groß. Sie hatte sich für die Gestalt eines Wolfsmenschen entschieden. Mit ihrem langen, graubraunen Haar und den großen goldenen Augen erinnerte sie ein wenig an einen Werwolf.

Nun, da ihr das Haar bis auf den Rücken hing, wirkte sie ganz anders. Ich war ein wenig bezaubert. Es war beinahe, als hätte sich das freche, fröhliche Mädchen in eine höfliche Adelstochter mit einer Vorliebe fürs Lesen verwandelt. Sie hatte auch ihre anderen Merkmale verändert und erinnerte kaum noch an die normale Lili.

»Ä... Ähm ... Sehe ich etwa doch seltsam aus?«

Anscheinend hatte sie meine Blicke bemerkt, weswegen sie jetzt unsicher zu mir aufschaute. Meinte sie ihr Abenteurer-Outfit, die Tiermenschengestalt oder beides? Ich schüttelte lächelnd den Kopf.

»Du wirkst ganz anders als sonst, aber das ist irgendwie erfrischend ... Ich finde, du siehst niedlich aus.«

»W... Wirklich?«

»Ja. Es steht dir.«

Schüchtern schaute sie zu mir auf, aber ich erspähte auch ein Funkeln in ihren Augen.

Gut gelaunt ging sie voran, aber sie hatte ihre Wolfsohren aufgestellt, und der Schwanz, der unter dem Rock herausschaute, wedelte hin und her. Ich fragte mich, ob das unwillkürlich passierte. Wie bewegte sie den eigentlich? Aber ich verzichtete lieber darauf, meine Gedanken auszusprechen.

Es kam mir vor, als hätte ich plötzlich eine süße kleine Schwester. Irgendwie machte mich das glücklich. Wir mussten uns zwar vor den Blicken der anderen Abenteurer hüten ... aber vielleicht sahen sie in uns ja tatsächlich nur zwei Geschwister, die sich gut verstanden.

»Ein Hase und ein Wolf ...«

»Wolf und Häschen ...«

»Ein Hase als Supporter ... Ach, dann ist er wohl zum Fressen da.«

»Sie hat also eine lebende Notfallration dabei ... Erbärmlich.«

»Echt gruselig. Man sieht Abenteurern ihren Status nicht an. Bloß vorsichtig bleiben!«

Seltsam ...

Irgendwie fühlte ich mich immer unwohler in meiner Haut. Ich hörte deutlich das Geflüster der anderen Abenteurer. Normalerweise grüßten die meisten mich freundlich, aber jetzt schauten sie mich alle mitleidig oder abschätzig an. Besonders zu schaffen machte mir das Wort *erbärmlich*, ausgesprochen von einem unscheinbaren Elfen.

Trotz allem lächelte ich, aber als ich mir Lili in ihrem Abenteureroutfit so ansah, kamen mir Zweifel.

Ich warf meiner noch gut gelaunten Partnerin einen Seitenblick zu. »Sag mal, Lili. Du kannst deinen Status gar nicht mehr aktualisieren lassen, oder?«

»Wie meinst du das?«

»Na ja ...« Ich senkte die Stimme, damit uns niemand hörte. »Du darfst dich der Soma-Familia nicht nähern, also kannst du auch nicht zu deinem Gott, nicht wahr?«

Für einige Zeit würde Lili ihrem Gott Soma nicht gegenübertreten können, also konnte er auch den Status auf ihrem Rücken nicht aktualisieren. Für Abenteurer war es fast ein Todesurteil, wenn das ausblieb, und für Supporter galt im Grunde dasselbe. Wenn wir auf tiefere Ebenen vordrangen, würden wir natürlich auch stärkeren Monstern über den Weg laufen, und die Gefahr würde gewaltig steigen ...

Ob sie sich wohl deswegen sorgte? Ich schaute Lili fragend an.

»Ehrlich gesagt«, erklärte sie, »mache ich mir schon ein paar Gedanken ... aber wahrscheinlich ist es kein Problem. Zumindest jetzt noch nicht.«

»Meinst du?«

»Ja. Ich glaub, ich komm schon irgendwie klar. Ich bin gut darin, Monster abzuschütteln ... Ich hab ja schon knapp ein halbes Jahr meinen Status nicht mehr aktualisiert bekommen, das ist doch der beste Beweis.«

»E... Ein halbes Jahr?!«

Lilis Worte schockierten mich, und der Grund lag auf der Hand. Den Status nicht zu aktualisieren, brachte unzählige Nachteile mit sich und keinen Vorteil. Es war, als steckte man selbst seinen Kopf in die Schlinge.

Als Lili meinen entsetzten Blick sah, lächelte sie verlegen. »Um bei der Soma-Familia den Status aktualisiert zu bekommen, muss man eine Quote erfüllen und der Familia genug Geld bringen.«

»Wie? Aber ...«

»Das hat Meister Soma eben so entschieden.«

Lili erklärte weiter, dass Soma in letzter Zeit immer weniger Statusaktualisierungen vornahm. Es war für ihn so etwas wie eine Investition: Er brauchte Geld für die Herstellung seines Weins, also mussten Lili und ihre Kollegen stark werden, um es ihm beschaffen zu können. Nun traten jedoch immer mehr Mitglieder der Familia bei, und die ständigen Aktualisierungen wurden ihm lästig. Er wollte sich lieber seinem Hobby hingeben, daher hatte er irgendwann angekündigt, dass er sich nur noch den Status derer ansehen würde, die ihre Quote erfüllten.

»Dann konntest du deinen Status also nicht aktualisieren lassen, weil du die Quote nicht erfüllt hast?«

»Das war es nicht. Ich wollte nur einfach nicht so sehr auffallen.«

»Wieso?«

»Wenn ich die Quote erfüllt hätte, hätte das darauf hingedeutet, dass ich gute Einnahmen hab. Da ich aber nicht kämpfen kann, hätten mir die anderen dann bloß alles weggenommen.«

Nun verstand ich, was sie sagen wollte. Das hieß also, sie hatte ...

»Kurz gesagt«, fuhr sie fort, »habe ich die Quote beim Verdienen zwar erreicht, aber das Geld nicht abgegeben. Mein Umfeld sollte denken, dass ich kaum welches hab. Dass so mein Status nicht aktualisiert werden konnte, musste ich leider in Kauf nehmen.«

Lili erzählte, sie habe an jeder Sitzung der Familia teilgenommen, um dies den anderen vorzuführen. Nachdem ihre Magie erwacht war, war sie mehrmals bei Soma gewesen, aber seitdem hatte sie ihren Status wirklich nicht mehr aktualisieren lassen.

Wenn man aus Sorge um die Blicke anderer seinen Status nicht mehr steigern ließ, brach dadurch eigentlich das Konzept der Familia auseinander. Erneut wurde mir bewusst, wie einsam und allein Lili die ganze Zeit gewesen sein musste.

Trotz ihres mangelhaften Status hatte sie tagtäglich hier im Dungeon überlebt und sich in äußerst gefährliche Situationen begeben. Allein durch ihr Wissen und ihre Taktik hatte sie bis zum heutigen Tage überlebt. Darum war sie auch so zuversichtlich, dass sie weiterhin ohne aktualisierten Status überleben würde.

Nun verzog ich schließlich doch das Gesicht.

»Verachtest du mich jetzt?«, fragte Lili.

»Hä?«

»Ich habe einfach alle immer nur betrogen. Ich bin eine schreckliche Lügnerin.«

Fast so, als hätte sie meine Gedanken durchschaut, änderte sie plötzlich das Thema. Sie sah mich nicht mehr an, richtete ihre goldenen Augen nur noch nach vorn.

Dann sprach sie leise weiter: »Ich hasse Abenteurer. Ich bin immer noch voreingenommen gegen sie, und bis auf dich verabscheue ich sie alle.«

Ich wusste nichts dazu zu sagen.

»Meister Bell, was du auch darüber denken magst, ich habe nicht vor, mich für meine Taten zu entschuldigen ... und ich bereue auch nichts.«

Das ist doch gelogen, sagte eine Stimme in meinem Kopf, aber ich war zu unentschlossen, die Worte auszusprechen. Und als ich nach allem, was sie gesagt hatte, noch ihre Miene sah, wusste ich, dass ich die Gelegenheit verpasst hatte.

»Also, verachtest du mich deswegen, Meister Bell?«, fragte sie mich erneut, während sie weiterging.

Ihre Stimme klang normal und sie hatte den Blick fest nach vorne gerichtet, aber sie hatte die Ohren nach hinten angelegt, als hätte sie große Angst vor etwas. Wahrscheinlich bemerkte sie es selbst nicht. Ich blinzelte mehrmals und hätte aus Reflex fast aufgelacht. Lili tat mir leid, doch ich konnte mir ein Grinsen nicht verkneifen, so unpassend es auch sein mochte.

»Es fällt mir wohl schwer, Leute zu verachten, die nicht ehrlich sein können.«

»Hä?«

Lili blieb stehen und fuhr zu mir herum.

Ich hatte einfach nur lächelnd das ausgesprochen, was mir durch den Kopf gegangen war.

»Alles gut. Ich mag dich so, wie du bist, Lili. Natürlich verachte ich dich nicht, und ich könnte dich auch niemals hassen.«

Ich empfand wirklich so. Um Lili die Sorgen zu nehmen, hatte ich ihr einfach meine wahren Gefühle offenbart.

Sie schaute mich aus großen Augen an, und dann errötete sie leicht. Die angelegten Ohren stellten sich wieder auf, und mit einem Mal hatte sie ein strahlendes Lächeln auf dem Gesicht. Und wie wild sie mit dem Schwanz wedelte!

Sie sah mich unverwandt an, bemerkte, dass ich aus der Fassung war, und wurde noch ein wenig röter.

»Wäre wohl Blödsinn, dich zu fragen, wie du das gemeint hast, oder?«

Doch ehe ich etwas erwidern konnte, war Lili schon wieder losgegangen. Ich blickte auf ihren kleinen Rücken und hatte den Eindruck, dass sie schon viel bessere Laune hatte, wenngleich ich nicht so recht verstand warum. Rasch lief ich ihr hinterher.

»Meister Bell«, sagte sie leise, »deine Stimme ist ein wenig wie eine Glocke, tief in meinem Herzen.«

Ich fragte mehrmals nach, wie sie das gemeint hatte, aber sie weigerte sich, es mir zu erklären. Ich würde wohl alleine weiter darüber nachdenken müssen.

»Hijaaaaah!«

»Giiiih!«

Mit einem grellen Schrei schoss das kleine dämonenartige Monster heran, das *Imp* genannt wurde. Es war komplett schwarz am Körper, und verglichen mit dem etwas großen Kopf, auf dem kleine Hörner wuchsen, wirkte der Körper zu dünn. Dem äußeren Anschein zum Trotz konnte es flink und scharf angreifen.

Der lange Schwanz, an dessen Ende ein Haken war, bewegte sich passend zu den Bewegungen auf und ab.

»Hngh!«

Ich wich den Angriffen zweier Imps aus, das Hestia Knife in der einen Hand und den Baselard in der anderen. Dann machte ich einen Schritt nach rechts und positionierte mich so, dass die Imps hintereinander standen und ich mich nur um einen gleichzeitig kümmern musste. Nun war es im Grunde ein Einzelkampf. Der Imp huschte heran, fletschte die Zähne und schlug mit den Klauen seiner linken Hand nach mir.

»Giiiih!«

»Zu langsam!«

Und ihr *könnten sie niemals das Wasser reichen!*

Ich riss das Hestia Knife in meiner Rechten herum, um den Prankenschlag abzuwehren. Es gab ein heftiges dunkelviolettes Leuchten – und dann flogen die fünf Finger abgetrennt durch die Luft.

»Gäh … Giih?!«

Nach einem Schockmoment schrie der Imp gellend auf, aber ich wirbelte schon zum nächsten Gegner herum. In meinem Kopf verschmolzen die Bewegungen jener blonden jungen Frau mit meinen eigenen. Ich hob das rechte Bein und versetzte dem Imp vor mir einen heftigen Roundhouse-Kick gegen die Brust.

»Higjäh?!«

Der Imp war so leicht, dass er einfach nach hinten flog – gegen seinen Artgenossen, der sich jedoch gerade noch fangen konnte. Sofort holte ich aus und stach mit dem Baselard zu.

»Gigirghs?!«

Mit nur einem Stoß hatte ich beide Imps durchbohrt. Ihre Todesschreie vermischten sich. Meine Klinge hatte ihre Herzen aufgespießt, und ich spürte den letzten Pulsschlag bis in die Hand.

»Meister Bell, hinter dir!«

Ich weiß!

Lilis Warnung kam nicht überraschend. Ich hatte mitbekommen, wie die Monster sich näherten. Wie geplant hielt ich die Augen weit offen und ließ keine toten Winkel entstehen.

Ich ließ den Baselard los, zückte meinen Dolch, drehte mich um und führte zwei schnelle Schnitte aus, ein Messer in jeder Hand.

»Giäärgh?!«

»Wow … Meister Bell, toll!«

Unterkörper, Torso und Kopf. In drei Bestandteile zerlegt, fiel der Imp vor mir zu Boden.

Rasch blickte ich mich um: Die Zahl der lauernden Schatten im Nebel schien sich nicht verringert zu haben.

Ich ließ Lili meinen Schweizerdegen aufsammeln und rannte auf die restlichen Monster zu.

Wir befanden uns derzeit auf Ebene 10 unter der Erde. Gras bedeckte den Boden. Die Gänge waren hier breiter und die Kammern geräumiger. Außerdem kam von irgendwoher weißer Nebel und raubte uns die Sicht. Wir waren in einen weitläufigen Raum gelangt, der nur einen Ein- und Ausgang hatte.

Der heutige Plan für den Dungeon sah ganz einfach aus: Ich wollte gegen Monster kämpfen und anwenden, was ich während der letzten zwei Tage von Aiz gelernt hatte. Für mich ging es wortwörtlich ums Überleben, also probierte ich, so gut wie irgend möglich alles umzusetzen.

»Hjaaaaaah!!«

Wir kämpften gerade gegen einen Schwarm aus Imps. Ab dieser Ebene traf man sie häufiger an als Orks. Ohne Unterlass drangen sie auf mich ein. Imps waren hinterhältige Kreaturen. Auf den ersten Blick ähnelten sie Goblins, aber sie waren ein klein wenig schlauer. Sie griffen niemals alleine an, sondern immer in Gruppen. Hatte man Gefährten dabei, waren sie kein großes Hindernis, aber sie waren schwerer zu besiegen als die Monster, gegen die ich bisher gekämpft hatte. Sofort wurde mir wieder bewusst, warum ich erstklassige Abenteurer so bewunderte. Hinzu kam der Nebel auf dieser Ebene. Unter diesen Umständen war ein Schwarm aus Imps viel lästiger als ein einzelner Ork.

»Giiih!«

»Hepp!«

Ich hatte mit dem Armschutz einen Angriff von schräg hinten abgewehrt, doch als ich zu einem Gegenschlag ausholte, war der Imp längst wieder in den Nebel getaucht. Das alles schien kein Ende zu nehmen. Es war schon clever von den Imps, wie sie den Nebel ausnutzten, um mich immer wieder einzukreisen. Ich huschte rasch hierhin und dorthin, um ihnen zu entkommen, doch überall um mich her hörte ich sie im Nebel mit den Zungen schnalzen. Ihre Zahl schien sich noch vergrößert zu haben.

War man in einer Gruppe unterwegs, ließ sich etwas tun, aber als Solo-Abenteurer hatte man es schwer.

»Hjahih!«

»Hi hih ...«

Ich hielt kurz inne, blickte mich um und erkannte im trüben Nebel mehrere schwarze Schatten. Ich war umstellt, und die Imps zogen den Kreis um mich immer enger zusammen. Ich hörte ihre Schritte im Gras und wie sie sich hungrig über die Lippen leckten.

Vor Kurzem wäre ich in dieser Lage noch in Panik geraten, aber diesmal blieb ich gelassen. Wenn ich nur ein wenig Schaden in Kauf nahm, konnte ich leicht an einer Seite durchbrechen. Doch ...

»So was hätte ich denen gar nicht zugetraut«, sagte Lili. »Ich bin ein wenig überrascht.«

... ich war nicht allein.

Sie stand außerhalb der Umzingelung, im Rücken der Imps, und feuerte von dort einen Bolzen ab.

»Gjah?!«

Das Geschoss traf ein Monster direkt in den Schädel.

Sofort gerieten die Imps in helle Aufregung: Mit einem Angriff aus dem Hinterhalt hatten sie nicht gerechnet. Nun, sie waren nicht die einzigen, die den Nebel ausnutzen konnten. Auch Lili hatte sich im Nebel versteckt und war so den Monstern verborgen geblieben. Sie mochten verschlagen und hinterhältig sein, aber wir hatten den Angriff vorhergesehen und uns zu zweit einen Plan überlegt. Zusammenhalt in der Gruppe. Bei dem Gedanken machte mein Herz einen Sprung.

Jetzt war ich an der Reihe. Ich nutzte meine Chance und ging zum Angriff über. Ein Imp vor mir ließ sich von den wiederholten Bolzenschüssen ablenken – ich schlug ihn mit dem Hestia Knife entzwei. Doch ich blieb nicht stehen, sondern stürzte mich sogleich auf die panische Monsterhorde.

»Schaaaah!«

»Hngh! Lili!«

Ich erschlug gerade einen Imp, der einen Bolzen abbekommen hatte, da lösten sich zwei Monster aus der ohnehin zusammenbrechenden Formation und stürmten auf Lili zu. Ihr war jedoch keinerlei Aufregung anzusehen. Mit einem Lächeln auf den Lippen zog sie einen kleinen Beutel aus ihrer Brusttasche hervor.

»Gute Arbeit«, meinte sie.

Mit einem Ruck zog sie den Beutel auf, und eine Wolke aus Puder hüllte die Imps ein. Einen Moment schauten sie nur verblüfft drein – und dann fingen sie an, keuchend zu husten.

Aus dem Beutegegenstand *Purpurmottenflügel* ließ sich ein Giftstaub gewinnen, mit dem man problemlos schwache Monster vergiften konnte. Schlau von Lili – aber sie hatte ja gesagt, sie wisse, wie man Monster abschüttelte.

Als ich heranstürmte, machte sie einen lockeren Satz nach hinten und warf mir einen kurzen Blick zu: *Den Rest überlasse ich dir.* Meine Mundwinkel hoben sich zu einem Lächeln.

»Na schön!«

Mit angehaltenem Atem stürmte ich in den Giftnebel und machte kurzen Prozess. Meine beiden Messer zischten durch die Luft, und ich hatte zwei Imps erledigt, ohne Atem zu holen. Jetzt blieb nur noch ...

»Meister Bell, da kommt was Großes!«

»Verdammt!«

Der ganze Raum bebte, es konnte einem gar nicht entgehen. Das war ein Ork. Schon zuvor hatte ich Ärger mit diesen Monstern mit Schweinegesichtern gehabt. Ein etwa drei Medol großer Koloss kam mit hängenden Armen auf mich zu. Er war von mehreren Imps umringt und wirkte fast wie ein Gangsterboss mit seinen Schergen.

Über ihm hörte ich den Flügelschlag von Fledermausmonstern, sogenannten *Bad Bats*. Sie hatten nicht nur scharfe Krallen, sondern konnten einen auch mit ihrem Ultraschallwellen verwirren.

Die übrigen Imps aus dem vorigen Kampf liefen mit eingezogenen Schwänzen zu der Gruppe.

»Das sind jetzt aber viele ...«

»Stimmt.« Lili stellte ihren prallen Rucksack ab und lud ihre Handarmbrust nach. »Eher selten, dass sich so viele unterschiedliche Monster zu einer Gruppe zusammenschließen. Was jetzt? Soll ich zumindest den Ork weglocken?«

Mit zusammengekniffenen Augen versuchte ich, unsere Gegner zu zählen. Der Ork war selbst im Nebel nicht zu übersehen, aber ich bekam nicht heraus, wie viele Monster da sonst noch waren. Außerdem konnten sich auch noch anderswo welche verstecken. Nein, es wäre zu gefährlich, Lili alleine loszuschicken. Ich steckte meine Waffen weg und ballte mehrmals die Hand zur Faust.

»Meister Bell?«

»Ha ha ha … Vielleicht verlasse ich mich zu sehr darauf, aber …«

Ich blickte Lili fragend an: *Soll ich?* Sie verstand sofort und entfernte sich rasch ein Stück, sodass ich freie Bahn hatte. Wie ein Geschütz streckte ich meinen Arm aus, in Richtung der Monster, die wild durcheinander schrien.

»Firebolt!«

Ein greller Feuerblitz durchschnitt das Nebelmeer und löschte auf einen Schlag unzählige Monster aus.

»Du, Lili«, sagte ich zu meiner Kameradin, während ich auf einem Sandwich herumkaute. »Mache ich mich zu abhängig von meinem Zauber?«

Nachdem wir die Monster besiegt hatten, waren wir wieder in den Anfangsraum von Ebene 10 zurückgekehrt, um eine Pause zu machen. Von hier aus führte eine Treppe wieder zu Ebene 9 hinauf. Der Nebel war ein wenig dünner, und man wurde nicht so leicht von Angreifern überrascht. Es war der sicherste Ort auf der gesamten Ebene.

Was Syr mir mitgab, schmeckte mir eigentlich immer, doch dieses Sandwich war ein bisschen komisch. Während ich davon aß, breitete sich allmählich ein seltsamer, leicht bitterer Geschmack auf meiner Zunge aus. Sie musste etwas Neues ausprobiert haben, aber es war wohl eher ein Schuss in den Ofen … Ich schämte mich ein wenig für meine negativen Gedanken, aber ehrlich gesagt kamen mir beim Kauen fast die Tränen. Musste ich mir Sorgen machen, dass mein Mittagessen nun jeden Tag ungenießbarer würde?

»Hm«, machte Lili.

Anscheinend dachte sie ernsthaft darüber nach, während sie aß. Es war niedlich anzusehen, wie sie mit beiden Händen ihr Brot zu ihrem kleinen Mund führte und abbiss. Irgendwann hatte sie es verspeist. Sie wischte sich mit einem Tuch den Mund ab und sprach weiter.

»Ganz so schlimm ist es nicht, denke ich«, sagte sie schließlich. »Aber eine gewisse Gefahr besteht schon. Es ist ein Glück, dass dein Zauber so einfach einzusetzen ist, aber das verführt dich vielleicht dazu, zu locker damit umzugehen. Ihn nicht sparsam einzusetzen, sondern eher wie eine gewöhnliche Kampftechnik.«

»Wenn du es so sagst ...«

Irgendwie kam es mir vor, als hätte sie den Nagel auf den Kopf getroffen. Firebolt war ein Schnellangriffszauber. Sonst erforderte Magie in der Regel eine Beschwörungsformel, aber bei meinem Zauber war das nicht der Fall. So mühelos wie ein einfacher Schwerthieb oder so etwas war er zwar nicht, das wäre zu viel gesagt. Aber es war kaum aufwändiger, als mit einem Bogen einen Pfeil abzuschießen.

»Du setzt deinen Zauber zwar sehr effektiv ein, Meister Bell, scheinst aber den eigentlichen Sinn von Magie aus den Augen verloren zu haben.«

»Ähm ... wie meinst du das?«

»Magie ist fürs sichere Töten gedacht.«

Bei diesen Worten fiel mir sofort ein, wie die Taten von Helden in Büchern immer beschrieben wurden. So hatte in einer Geschichte ein unerschrockener Elf einen eiskalten Schneesturm heraufbeschworen, um ein gewaltiges Monstrum zu bezwingen.

»Magie ist eigentlich als Ass im Ärmel gedacht«, erklärte Lili. »Man sollte sie sich für die wirklich wichtigen Augenblicke aufheben. Sie ist so mächtig, dass man damit sogar den Unterschied zwischen Leveln überwinden kann. So hat man eine gewisse Chance, einen hochrangigen Gegner zu besiegen. Dein Zauber ist aber so leicht einzusetzen, dass er ein bisschen was eingebüßt hat von seiner Funktion als tödliche Trumpfkarte.«

Sie hatte völlig recht. Ich konnte meinen Firebolt mühelos mehrmals hintereinander einsetzen, aber jeder Treffer für sich genommen war nicht besonders mächtig. Verwundert hörte ich ihren Ausführungen weiter zu.

»Es ist zwar zeitraubend, wenn man erst lange eine Formel aufsagen muss, aber dafür ist so ein Zauber auch mächtiger und eher geeignet, im Kampf das Blatt zu wenden. Er verfügt über die Macht, dem Tod ein Schnippchen zu schlagen.«

Im Gegenzug bedeutete das jedoch, dass …

»Und meinem Zauber mangelt es an dieser Macht?«

»Nein, so meinte ich das nicht. Es ist eher eine Frage von Quantität und Qualität. Meister Bell, du solltest deine Schnellangriffsmagie niemals unterschätzen … Du kannst sie blitzartig einsetzen, und das finde ich viel furchteinflößender als einen Zauber, der erst lange vorbereitet werden muss.« Sie lachte plötzlich. »*Ich* könnte ihm jedenfalls nicht ausweichen.«

Kurz gesagt war mein Zauber also für die meisten Feinde furchteinflößend genug. Jeder dieser Schnellschüsse hatte jedoch nur eine geringe Durchschlagskraft. Die augenblickliche Aktivierung war durchaus ein gewaltiger Vorteil. Aber gegen einen mächtigen Gegner – besonders ein Monster mit hoher Widerstandskraft – würde ich damit sicher nicht so viel ausrichten können wie mit einem gewöhnlichen Zauber.

Nun, Magie war eben nicht allmächtig. Es brachte nichts, sich an den Nachteilen meines Zaubers festzubeißen. Ein bisschen betrübt war ich dennoch. Von klein auf hatte ich Magier immer bewundert, und nun konnte ich endlich selbst einen Zauber wirken. Da war es schon ein Dämpfer, wenn einem die Schwächen so deutlich aufgezeigt wurden.

»Ach, Meister Bell ...« Lili hatte mir meine Enttäuschung wohl angemerkt. »Ich finde deinen Zauber super! Er lässt sich unmittelbar anwenden, ist blitzschnell und entwickelt sich hervorragend weiter. Ich finde, du stichst damit aus der Masse heraus.«

Ich sah sie verständnislos an.

»Zauber mit langer Aktivierungszeit lassen sich nicht so einfach einsetzen. Die Monster gucken schließlich nicht tatenlos zu, während man die Formel aufsagt. Und wenn man kaum Chancen hat, seine Magie einzusetzen, dann spiegelt sich das auch im Status wider.«

Jetzt verstand ich, was sie meinte. Bekam man keine Gelegenheit, seine Magie einzusetzen, dann stieg auch der Zaubereiwert nicht, und der bestimmte direkt über die Wirksamkeit. Ja, wenn man bedachte, wie viel Zeit und Mühe es kostete, einen gewöhnlichen Zauber hinreichend oft einzusetzen, dann hatte ich es wohl tatsächlich besser.

»Und wenn die Zauberkraft steigt«, fuhr Lili fort, »dann erhöhen sich auch Reichweite und Durchschlagskraft deiner Magie. Meine Magie setze ich ja nicht direkt im Kampf ein, und das hat viel ausgemacht für meinen Status.«

Lilis Cinder Ella schien seine Grenzen zu haben, was Reichweite und Durchschlagskraft anging. Im Grunde konnte sie nur das Erscheinungsbild von Wesen annehmen, die etwa die Größe eines Pallum oder eines Kindes hatten. Doch je höher ihre

Zauberkraft stieg, desto mehr Einfluss konnte sie mit der Zeit zum Beispiel auf die Kleidung nehmen. Auch ihr aktuelles Aussehen war nur eine magische Tarnung, und sobald sie einen Treffer abbekäme, würde der Zauber zusammenbrechen.

Ich blickte auf meine Hand hinunter. Es stimmte: Mein Feuerblitz war mittlerweile viel dicker und kraftvoller als damals beim ersten Einsatz.

»Deine Frage war doch, ob du dich zu sehr auf deine Magie verlässt, stimmt's?«, sagte Lili. »Also, einerseits musst du sie einsetzen, sonst entwickelt sie sich nicht. Wenn du dich hingegen zu sehr auf deinen Zauber verlässt, könnten deine normalen Kampfkünste darunter leiden. Schwierig, die richtige Balance zu finden ... Aber ich glaub, du kannst ruhig so weitermachen wie bisher, Meister Bell.«

Ihre Erklärungen klangen überzeugend. Und sie hatte ja meine Arbeit als Abenteurer aus nächster Nähe beobachtet. Ihre Worte waren für mich beinahe wie ein aufmunterndes Schulterklopfen.

»Meister Bell, dein Zauber ist simpel und hat nur eine durchschnittliche Durchschlagskraft, aber er wird sich prächtig entwickeln. Du kannst ruhig zuversichtlicher sein!«

Sie lächelte mich an, und da entspannte sich auch meine Miene. Wenn sie für meine Magie die Hand ins Feuer legte, dann konnte ich selbst wohl auch darauf vertrauen. Plötzlich fühlte ich mich viel sicherer.

»Danke schön«, sagte ich ein wenig verschämt und stand auf. »Wollen wir uns am Nachmittag noch ein bisschen anstrengen?«

»Jawohl. Ich werde dir zur Seite stehen, so gut ich nur kann!«

»Gehen wir's ruhig ein wenig lockerer an«, sagte ich mit einem verschmitzten Lächeln.

Und so drangen wir beherzt weiter in den Dungeon vor.

Kapitel 3:
Black Raid

Langsam öffnete ich die Augen. Ich sah den Himmel. Ein frischer Wind strich über meine Haut, während ich ins Blau hinaufschaute.

Mein ganzer Körper schmerzte. Ich versuchte mich zu erinnern, was passiert war. Verschwommen sah ich vor mir, wie sie auf mich eindrang, immer wieder, mit atemberaubender Geschwindigkeit. Weiterhin konnte ich nichts gegen sie ausrichten ...

Ich wusste nicht mehr, wie oft ich schon bewusstlos zusammengebrochen war. Dennoch war ich auch heute wieder zu Aiz' Sondertraining auf der Stadtmauer angetreten. Tag um Tag attackierte sie mich heftiger – selbstverständlich gingen da immer mal wieder die Lichter bei mir aus. Das musste auch jetzt passiert sein.

Wie lange war ich wohl außer Gefecht gewesen? Ich spürte, dass mein Hinterkopf auf etwas Weichem lag ... Dann verdeckte plötzlich ihr Gesicht den Himmel, und ihre goldene Augen blickten auf mich herunter.

»Alles in Ordnung?«

»Aaah!«

Ich schrie auf vor Schreck, rollte mich zur Seite weg, sprang auf und fuhr herum. Wo ich gerade eben noch gelegen hatte, kniete Aiz auf den Steinplatten. Hatte ich etwa wieder in ihrem Schoß liegen dürfen? Ich dachte an jenen Vorfall im Dungeon zurück, als ich mein Bewusstsein verloren hatte, weil ich meine Magie zu oft eingesetzt hatte. Ließ Aiz mich womöglich in Erinnerung daran jedes Mal auf ihrem Schoß liegen, wenn ich ohnmächtig wurde? Eigentlich freute ich mich darüber, es machte mich sogar unfassbar glücklich. Doch gleichzeitig kam ich mir dabei so erbärmlich vor, dass ich am liebsten im Boden versunken wäre.

Mit hochrotem Kopf stand ich da. Aiz sah mich nur verwundert an. Dann klopfte sie sich zweimal auf den Oberschenkel. Ich schüttelte wie verrückt den Kopf.

»Bist du unversehrt?«

»Ja ...«

Mein Kopf glühte weiterhin wie eine Tomate. Aiz bedeutete mir, mich zu ihr zu setzen, und ich kam ihrer Aufforderung nach. Die Steinplatten unter mir waren kalt. Ich lehnte mich gegen die Brüstung.

Heute hatte Aiz mich den ganzen Tag lang unterrichtet. Lili hatte ihrem Gastgeber bei der Arbeit helfen müssen, deshalb hatte sie nicht mit mir in den Dungeon gehen können. Statt allein in die Tiefen zu steigen, hatte ich mit Herzklopfen und rotem Gesicht Aiz um einen ganzen Trainingstag gebeten. Unsere normale Zeit in den Morgenstunden war also längst vorbei, und über uns strahlte der klare blaue Himmel. Und jetzt durfte ich offenbar kurz Pause machen.

»Ä... Ähm ... Bin ich überhaupt schon besser geworden?«

»Wieso fragst du?«

»Na ja ... In letzter Zeit geh ich nur noch K. O. ...«

Schulter an Schulter neben ihr zu sitzen, machte mich wahnsinnig nervös, darum suchte ich verzweifelt nach einem Gesprächsthema, wobei ich sie jedoch nicht ansah – ich konnte nur starr nach vorn schauen. Aiz hingegen betrachtete mich ruhig von der Seite.

»Du hast dich sehr verändert ... Es ist erstaunlich.«

»Ä... Ähm, aber ...«

»Du wirst sicher nur bewusstlos, weil ich aus Versehen zu viel Kraft anwende.«

»A... Aber nicht doch!!«

Aiz hatte ihre Augenlider halb geschlossen. Ihre Miene war eigentlich unverändert, aber allmählich konnte ich ein bisschen besser einschätzen, was in ihr vorging. So sah sie aus, wenn sie ziemlich niedergeschlagen war.

Ich verspürte den Drang, sie aufzumuntern, hatte jedoch ein komisches Gefühl dabei. Eigentlich war sie doch wie eine Blume, die in großer Höhe blühte, in weiter Ferne und unerreichbar für mich. Doch nun saß sie direkt neben mir, ich hatte direkten Kontakt zu ihr, und es stellte sich heraus, dass sie ganz anders war, als man sich die berühmte Prinzessin der Klingen vorstellte.

Es war schwer in Worte zu fassen ... Die ganze Situation wirkte surreal für mich. Die wunderschöne und erhabene Aiz kam mir mit einem Mal wie eine ganz gewöhnliche junge Frau vor, bloß weil sie so niedergeschlagen aussah.

»Darf ich dich ... etwas fragen?«

»Wie?«

Meine Gedanken waren schon ins Übermorgen abgedriftet, da holte Aiz' leises Flüstern mich ins Hier und Jetzt zurück. Als ich mich ihr zuwandte, war keine Spur mehr von ihrer Niedergeschlagenheit. Stattdessen bedachte sie mich mit einem todernsten Blick.

»Wieso wirst du so schnell stärker?«

»W... Wie bitte?«

Ich sah sie verblüfft an. Das Wort *stärker* schien in keiner Weise zu mir zu passen. Augenblicklich fiel mir wieder ein, wie kläglich ich damals gescheitert war, und ich wäre am liebsten im Erdboden versunken. Aber Aiz sah mich so eindringlich an, dass ich mich ernsthaft zu fragen begann: War ich stärker geworden? Nein, ich versuchte nur immer verzweifelt, stärker zu werden ...

»Na ja, es ... gibt da jemanden, dem ich nacheifere. Ich eile ihr verzweifelt hinterher und hab es irgendwie bis hierher geschafft, aber ... Ähm ...«

Ich konnte kaum klar denken, geschweige denn reden. Vor allem war es mir unerträglich peinlich, denn sie war ja ebendie, von der ich gerade sprach.

Drucksend brachte ich noch ein paar Worte heraus: »Jedenfalls ... hab ich ein Ziel, das ich erreichen möchte.«

Aiz' Augen weiteten sich ein wenig. Nachdem sie mich eine Weile schweigend angesehen hatte, nickte sie.

»Verstehe ...« Sie umfasste ihre Knie und schaute zum Himmel auf. Ihr langes goldblondes Haar bewegte sich in einer jähen Brise. »Ja, das kann ich gut verstehen ...«

»Was?!«, entfuhr es mir.

»Auch ich ...«

Aber der Rest ihrer Worte wurde von einem plötzlichen Windstoß weggeweht. Überrascht kniff ich die Augen zu. Das war ein frischer Westwind, fast eine Sturmbö. Pfeifend jagte er über die Stadtmauer hinweg. Als ich nach einer Weile die Augen wieder öffnete, saß Aiz immer noch genauso da wie zuvor und blickte in den Himmel.

»Ä... Ähm ...«, begann ich.

»Ja?«

»Äh ... Ach, nichts.«

Aiz sah mich auf ihre typische emotionslose Weise an, den Kopf leicht schräg gelegt. Ich verzichtete darauf, mehr zu sagen. Ich konnte sie doch nicht ausfragen! Vor meinem geistigen Auge sah ich noch immer ihre Miene. Sie hatte mir gerade eine ganz unbekannte Seite von sich gezeigt. Doch nun war unsere Unterhaltung ins Stocken geraten, und Unruhe breitete sich in mir aus.

Im Osten der Stadt schlug die große Kirchenglocke die Mittagsstunde. Sie war in der ganzen Stadt zu hören, selbst hier oben. Zugleich hörte ich jenseits der Mauer das Wiehern von Pferden: Anscheinend wurden gerade einige Händler, die nach Orario wollten, von Gildenmitarbeitern einer Kontrolle unterzogen.

Die Stadtmauer, auf der wir uns befanden, war auf beiden Seiten von einer etwa schulterhohen Brüstungsmauer gesäumt. Auf der einen Seite lag die Stadt, auf der anderen blickte man auf Wiesen, Wälder und Berge hinaus. Ich saß da und lauschte dem Glockenklang und den Geräuschen vor der Mauer. Wie schön das Wetter war! Am blauen Himmel waren nur vereinzelt Wolken zu sehen, und ich musste die Augen ein wenig zusammenkneifen, um mich vor der blendenden Sonne zu schützen.

»Mhm ...«

Plötzlich hörte ich Aiz neben mir leise seufzen. Ich drehte mich zu ihr um und sah, wie sie sich eine Hand vor den Mund hielt. Ihre Lippen waren leicht geöffnet und zitterten ... Gähnte sie etwa? Sie reckte sich genüsslich im warmen Sonnenschein, dann umklammerte sie wieder ihre Knie und nahm ihre vorige Haltung wieder ein. Und einen kleinen Moment später ...

»Wollen wir Mittagsschlaf trainieren?«, fragte sie.

»Wie bitte?«

Ich schaute sie entsetzt an. Das klang nun überhaupt nicht nach Training.

Aiz blickte jedoch stur weiter geradeaus und sagte nur: »Im Dungeon muss man jederzeit und überall schlafen können. Man muss wissen, wie man schnell wieder zu Kräften kommt, das ist wichtig.«

Wahrscheinlich lag sie damit nicht falsch. Bis jetzt hatte ich zwar noch nie mehr als einen Tag im Dungeon verbracht, aber wenn ich auf tiefere Ebenen vordringen wollte, würde ich mich irgendwann auch längere Zeit im Labyrinth aufhalten müssen. Ja, dort hatten es Monster auf mich abgesehen, und ein weiches Bett fand ich dort auch nicht, aber als Abenteurer musste ich selbstredend trotzdem lernen, wie ich mich dort ausruhen konnte.

Aiz hatte sehr ernsthaft gewirkt, als sie gesagt hatte, man müsse in jeder Situation schlafen können. Es machte mich jedoch ein wenig stutzig, dass sie die ganze Zeit meinem Blick auswich und nach vorne schaute.

»Ähm ... könnte es sein, dass du gerade müde bist?«

Aiz' Blick wandte sich langsam zu mir um. »Das gehört zum Training.«

»I... In Ordnung.«

Unter ihrem Blick begann ich sofort zu schwitzen. Ich nickte eifrig und versuchte möglichst ernst dabei auszusehen ... aber ganz sicher waren meine Wangen deutlich gerötet. Ich bekam kaum Luft. Was für ein Idiot ich doch war!

»Ä... Ähm ... Wollen wir etwa hier schlafen?«

»Ja«, sagte Aiz nur. Dann rutschte sie ein Stück nach vorne und legte sich einfach hin. Gemütlich war es hier nun wirklich nicht: Die Steinplatten waren hart und auch nicht unbedingt eben verlegt. Aiz schien es nicht nichts auszumachen – womit sie mir auf merkwürdige Weise erneut bewies, was für eine erstklassige Abenteurerin sie war. Auf den tiefen Ebenen des Dungeons mussten sie und ihre Kameraden jederzeit Rast machen können. Dass sie sich hier einfach hinlegte, ohne zu murren, zeigte wohl klar, dass sie an so etwas gewöhnt war.

»Schläfst du nicht?«, fragte sie und blickte zu mir hoch.

»Äh, d... doch ...«

Plötzlich kam ich mir seltsam vor. Also legte ich mich wie geheißen einfach neben sie. Wie sie dalag, so auf der Seite, ganz schutzlos ... Da könnte ich doch jederzeit einfach ... Nein, völlig undenkbar! Mein Blick fiel auf ihr Schwert, das in der Sonne glitzerte, und mir verging der Gedanke gleich wieder. Sollte ich mich irgendwie unziemlich verhalten, würde sie mich sofort einen Kopf kürzer machen. Bestimmt war sie nur so arglos, weil ich ihr Schüler war und sie mich für anständig hielt. Und überhaupt gehörte das alles ja zu meinem Training.

»I... Ich bitte um Entschuldigung ...«

Rasch drehte ich mich auf den Rücken und blickte in den Himmel. An Schlaf war nicht zu denken, dafür klopfte mein Herz viel zu laut. Ich schielte noch einmal hinüber – und blickte ihr direkt ins Gesicht: Sie lag auf der Seite, mir zugewandt. Sofort wandte ich mich wieder ab. Ich kniff die Augen zu, lag reglos da und sagte ich mir innerlich immer wieder: *Schlaf. Schlaf. Schlaf!*

Einen winzigen Moment später hörte ich Aiz leise atmen. Vorsichtig linste ich zu ihr hinüber: Ihre Augen waren geschlossen, und sie schlief bereits, tief und fest. Wie schnell ... Sie hatte ja betont, dass es wichtig es sei, rasch neue Kraft schöpfen zu können. Anscheinend war sie es wirklich geübt darin, sofort einzuschlafen. Oder war sie nur gerade so müde, dass sie einfach eingenickt war?

...os, Bell.

Hm?

Na los, Bell!

Hmmm?

z z z...

Auf einmal erklang in meinem Kopf eine vertraute Stimme, unverwechselbar: die meines Großvaters, der mich aufgezogen hatte. Aber warum hörte ich sie gerade jetzt? Und sie wurde immer lauter ... Beinahe sah ich ihn schon vor mir.

Nanu? Plötzlich lag Aiz direkt neben mir. Halluzinierte ich? Ich kniff ein wenig die Augen zusammen. Anfangs hätten noch zwei Personen zwischen uns gepasst. Warum lag sie jetzt so nah bei mir?

Jetzt mach schon, Bell!

Im nächsten Augenblick hatte ich mich ihrem Gesicht noch weiter angenähert.

»Wa...«

Mir ging auf, dass hier irgendetwas nicht stimmte. Während ich ihr direkt ins Gesicht geschaut hatte, war der Abstand zu ihr kleiner geworden. Hatte sie sich etwa im Schlaf näher an mich herangeschoben? Nein, sie hatte sich keinen Celti bewegt. Konnte es sein, dass ...

Looooos!

... ich mich ihr genähert hatte?!

Mir blieb beinahe das Herz stehen. Plötzlich lief es mir eiskalt den Rücken herunter. Kein Zweifel: Ich war auf Aiz zugerückt! Aber warum?! Wollte ich tatsächlich etwas Unziemliches mit ihr anstellen? War ich sogar bereit, mich dafür erschlagen zu lassen?

Nutz aus, dass sie eingeschlafen ist!

Ein Ruck ging durch meinen Körper, und ich näherte mich noch weiter. Aiz' Gesicht wurde immer größer, und ihre geschlossenen Augen kamen näher. Ich hörte ihre friedlichen Atemzüge, sah ihre makellose Haut, den schlanken Nacken, die wohlgeformten rosaroten Lippen ... Je näher ich ihr kam, desto heftiger glühten meine Wangen. Halt, halt, halt! In meinem Kopf heulte ein Alarm auf. Es war ganz eindeutig: Ich hatte mich Aiz immer weiter angenähert – als wären die Lehren, die mein Großvater mir eingepflanzt hatte, nur für diesen Moment gedacht gewesen. Wie hatte ich das vollbracht, ohne dass sie es bemerkt hatte? Wie war das möglich?! Konnte denn tatsächlich ...

Und jetzt küss sie!

Uwaaaaaaaaaaah!!

Jetzt warte doch mal, Bell!, sagte plötzlich meine Göttin Hestia in meinem Kopf, als wollte sie mein unziemliches Verhalten tadeln. *Du willst dich an einem schlafenden Mädchen vergehen? Glaubst du, dass ich dir das jemals verzeihe?! Eigentlich habe ich dich nicht zu so einem Schuft erzogen!*

Ich kam ins Wanken. Plötzlich war mir, als hätte irgendetwas von mir Besitz ergriffen, und erst jetzt kam ich wieder zu klarem Verstand. Ja, meine Göttin hatte völlig recht!

Ich erlaube dir nicht, dass du sie küsst. Auf gar keinen Fall darfst du das! Nein, niemals!!

Aus irgendeinem Grund schrie Hestia in meinem Kopf, voller Verzweiflung. Schweiß lief mir über die Stirn, und alle meine Muskeln zitterten, während ich versuchte, von Aiz wegzurücken, und doch kam ich kaum vom Fleck. Es war, als hätten zwei gewaltige Willen von mir Besitz ergriffen und zerrten mich in verschiedene Richtungen: Meine Göttin ein Orakel des Lichts, mein Großvater eine Versuchung des Bösen, zwei Stimmen, die heftig aufeinanderprallten.

Los! Rück weg von ihr ...

Ich war zuerst hier. Dies ist ein heiliger Kampf!

Ah! Was soll das? Uarghs!!

Meine Göttin hatte verloren! Es war, als spülte eine gewaltige Welle ihre Illusion fort, und ruckartig neigte sich die Waage auf der anderen Seite. Im Nu schwand der Abstand zwischen Aiz' Gesicht und meinem, und jetzt berührten sich fast unsere Nasen.

Fassungslos starrte ich sie an, hatte nur noch Augen für diese schlafende Schönheit vor mir. Ich war ihr so nah, dass mir ganz schwummrig wurde. Mein ganzer Körper schien in Flammen zu stehen. Ich hörte noch das hallende Lachen meines Großvaters, während sich meine Lippen ihren näherten …

»War…te.«

Ich fuhr zusammen. Augenblicklich hatte ich wieder die Kontrolle über meinen Körper. Mit Schwung zog ich mein Gesicht zurück und rollte mich mit aller Kraft von Aiz weg. Mein Herz raste so sehr, dass ich glaubte, es würde mir gleich aus der Brust springen. Kalter Schweiß lief mir über die Stirn.

Während sich das enttäuschte Stöhnen meines Großvaters immer weiter entfernte, drehte ich mich voller Furcht langsam zu ihr um.

Sie hatte sich nicht gerührt, lag noch immer mit geschlossenen Augen da, und ihr Atem ging ruhig und gleichmäßig. Alle Anspannung wich aus meinem Körper.

Warte?

Mit pochendem Herzen rief ich mir ihre Lippenbewegungen wieder ins Gedächtnis. Hatte sie *Warte* gesagt? Oder war es *Ich warte* gewesen? Hatten ihre Lippen diese Silben geformt? Während ich über den Wortlaut nachgrübelte, überkamen mich mit einem Mal Schuldgefühle, und ich umklammerte gequält meinen Kopf. Was hatte ich gerade vorgehabt?! Neben der schlafenden Frau schrie ich innerlich auf, von tiefer Scham erfüllt.

Ich stieß einen Seufzer aus. Das üble Gefühl ließ mich noch eine ganze Weile nicht los. Schließlich ließ ich mich wieder nieder, diesmal jedoch mit mehr Abstand zwischen uns, damit der Teufel mich nicht wieder verleiten konnte. Ich lag auf dem Rücken und schaute in den Himmel. Innerlich entschuldigte ich mich immer wieder, bis endlich die Hitze aus meinem Gesicht wich.

Noch immer hörte ich ihren gleichmäßigen Atem, obwohl ich mit aller Kraft versuchte, ihn auszublenden. Eine Weile rang ich mit mir, dann legte ich meine Wange auf die Steinplatte, um zu ihr hinüberzuschauen – ein letztes Mal, versprochen.

Da war ihr Gesicht, so nah. Ihr leises Atmen brannte mir fast in den Ohren. Eine Strähne ihres goldblonden Haares war ihr über die Wange gefallen. Sah man ihr harmloses schlafendes Gesicht, konnte man fast vergessen, dass dies die stärkste aller Frauen war. Ich hätte nur die Hand ausstrecken müssen, um sie zu berühren – und doch lag sie seelenruhig da und schlief.

Gab es da nicht eine gewisse Heldengeschichte? Ich meinte, ich hatte sie als Kind gelesen. Sie handelte von einer Prinzessin, die durch einen Fluch in einen jahrhundertelangen Schlaf gefallen war. Eine ewig schlummernde Prinzessin, die erst dann erwachte, wenn ihr Held vor ihr erschien. Warum musste ich ausgerechnet an diese Erzählung denken, während ganz in der Nähe diese junge Frau schlief?

Ich sah ihr noch eine Weile still beim Schlafen zu, ehe ich mich wieder auf den Rücken drehte. Zum Himmel gewandt, hob ich eine Hand und kniff mir leicht in die Wange. Es tat ein wenig weh. Es war also kein Traum. Sie lag tatsächlich dort, ganz in meiner Nähe, mit mir allein.

Ich ließ die Hand sinken und gab mich ganz dem Zauber des Himmels über mir hin. Allmählich verblassten meine Gefühle, und ich spürte, wie mein Geist sich leerte.

Während Aiz und ich gemeinsam auf der Stadtmauer im Sonnenlicht lagen, schloss ich langsam die Augen und sank in einen Schlummer.

Die Stadtmauer Orarios war massiv und verlief in einem Kreis um die Stadt. Das Betreten des Wehrgangs war eigentlich nicht erlaubt, daher ging auch normalerweise niemand die gleichförmigen Steinplatten entlang. Die Mauer diente eigentlich nicht dem Schutz nach außen hin, sondern sollte eher verhindern, dass etwas aus dem Dungeon in die Stadt und dann nach draußen gelangte. Aus diesem Grund war sie auch so hoch gebaut, dass man aus der Stadt die obere Kante nicht sehen konnte, zumindest vom Boden aus nicht. Weil es zudem noch die Brüstung gab, musste man auf der Stadtmauer überhaupt keine Angst haben, von irgendjemandem beobachtet zu werden.

Niemand konnte also etwas von dem Sondertraining mitbekommen, das sich auf der Mauer abspielte. Und genau darum hatte Aiz diesen Ort auserkoren: Weil sie und Bell hier nicht von ihren Familias erwischt werden konnten. Und im Großen und Ganzen war der Plan auch aufgegangen.

»Meine Güte. Ich kann euch ja perfekt erkennen!«

Einzig vom Turm Babel aus, der die ganze Stadt weit überragte, gab es eine Sichtlinie zur Mauer. Und auf der höchsten Ebene saß Freya auf einem prächtigen Stuhl in ihrem Privatgemach und schaute auf die Stadtmauer hinunter. Aus dieser Höhe spielte selbst die Brüstung keine Rolle mehr, und sie konnte Bell und Aiz deutlich dort liegen sehen.

»Das Glänzen des Mädchens ist einfach zu grell …«

Der Turm Babel stand in der Mitte der Stadt, und sie befand sich auf der fünfzigsten Ebene. Dennoch sah sie selbst aus dieser Entfernung mit bloßen Augen das Leuchten des Jungen und des Mädchens: ein durchscheinendes Schimmern und ein gleißend goldenes Licht. Freya war jederzeit in der Lage, die Farbe und die Eigenheiten einer Seele zu erkennen. Sie beobachtete die beiden schon, seit sie sie in der Morgendämmerung erspäht hatte.

»Das wird ja wirklich spannend …«

Freya spielte mit einer Strähne ihres silbernen Haars und verzog die Lippen zu einem Grinsen. Während ihr Lakai im Dungeon die große Bühne vorbereitete, wurde der Hauptdarsteller gerade an der Spitze der Stadtmauer von einer Schwertkämpferin unterrichtet. Ein Monster, von Ottar abgerichtet, würde gegen einen Menschen antreten, trainiert von der Prinzessin der Klingen. Es könnte ein größeres Schauspiel werden, als sie erwartet hatte. Ihr Herz machte einen Sprung.

Schweigend beobachtete sie Bell und Aiz aus ihren silbernen Augen. Schliefen sie? Zumindest schien sich das Leuchten der beiden überhaupt nicht zu bewegen. Freyas Mundwinkel sanken herab. Ungeduldig klopfte sie mehrfach mit einem Finger auf die Armlehne, und ihre andere Hand hatte völlig vergessen, mit der Strähne zu spielen. Dann ertappte sie sich bei diesen Reaktionen. Ein leicht selbstspöttisches Lächeln trat auf ihr Gesicht.

»Ach, bin ich etwa … eifersüchtig? Ojemine!«

Sie lachte laut auf. Eine Gottheit war sie und verhielt sich wie ein Kind? Wie lächerlich! Eine ähnliche Emotion hatte sie schon einmal gespürt, als sie Hestia bei diesem Jüngling gesehen hatte. Aber diesmal war das Gefühl viel stärker.

Dieses goldene Leuchten verstärkte das schwache, durchsichtige Schimmern. Wie ärgerlich ... Nein, es war mehr als nur ein wenig ärgerlich. Tief in ihrer prallen Brust brannte ein kleines Feuer der Eifersucht.

»Wie unerfreulich ...«

Freya schloss die Augen, lehnte sich zurück und blieb eine Weile so sitzen. Schließlich öffnete sie die Augen einen Spaltbreit – und lachte hell auf.

»Wie stark er wohl schon ist?«

Sie neigte sich wieder nach vorn und betrachtete die beiden zuversichtlich aus der Ferne. Sie war amüsiert. Ihr war schelmisch zumute. Und sie wollte ihrer Eifersucht ein wenig Luft machen.

Vielleicht sollte ich mich mal wieder ein wenig einmischen.

In dem spiegelglatten Glasfenster flackerte kurz ein sadistisches Grinsen auf.

Gemeinsam folgten wir den langen Gängen innerhalb der Stadtmauer und stiegen Treppen hinab. Schließlich drückte Aiz eine fast vergessene hölzerne Tür auf, die uns in eine etwas düstere Hintergasse hinausführte. Wir schauten uns um: Dreckige Holzkisten und altes Bauholz lagen hier herum; man konnte es fast für eine Müllhalde halten.

Nach unserem Mittagsschlaf hatten wir das Training zunächst wieder aufgenommen, aber nun hatten wir die Stadtmauer kurz verlassen – meinetwegen.

»A… Aiz, das ist wirklich nicht nötig …«

»Schon gut. Ich hab auch Hunger.«

Beim Kämpfen war mir mit einem Mal schwarz vor Augen geworden, und mein Magen hatte laut geknurrt. Aiz hatte eine Augenbraue hochgezogen, und ich war sofort puterrot geworden. Doch dann hatte sie vorgeschlagen, dass wir eine Kleinigkeit essen gehen. Und aufgrund ihrer Rücksichtnahme waren wir jetzt hier. Ich hatte zwar tatsächlich seit dem Frühstück nichts gegessen, aber … So ein Ärger. Ich verbiss mir die Tränen und folgte ihr mit hängenden Schultern.

Eigentlich waren alle Zugänge zur Stadtmauer abgesperrt, aber Aiz hatte hier am Nordwestrand der Stadt diese Hintertür gefunden. Nun bogen wir immer wieder ab und gelangten über mehrere Gassen schließlich auf eine größere Straße. Sie war von Wohnhäusern gesäumt, vor denen hier und dort an Masten hübsche Magiesteinlampen hingen. Ich schaute mich verwundert in der unbekannten Gegend um.

»Ähm, wohin gehen wir?«, fragte ich.

»Zur zentralen Nordstraße. Da werden frittierte Kartoffeln verkauft. Tiona hat mir davon erzählt.« Diese Tiona musste wohl ein Mitglied ihrer Familia sein. Der Gedanke machte mich nervös. Wenn man uns auf der großen Straße zusammen sah, bekam man vielleicht den falschen Eindruck. Aber noch etwas anderes machte mir Sorgen. Frittierte Kartoffeln … Irgendwie hatte ich ein ungutes Gefühl dabei. Ich spürte, wie sich mir die Nackenhaare aufstellten. Aber dann hatten wir auch schon die zentrale Nordstraße erreicht.

Die Abenddämmerung brach bereits herein, und der Himmel hatte sich orange gefärbt. Die Straße war immer noch sehr belebt: Hier liefen neben Elfen und Zwergen vor allem viele Halbmenschen herum. Die Passanten richteten ihre Blicke auf uns …

Nein, eigentlich schielten sie immer wieder zu Aiz hinüber. Ich wollte mich ganz klein machen.

Sie schaute sich um, als würde sie irgendetwas suchen. Dann bog sie in eine Seitenstraße ab, die so breit war, dass Wagen hindurchpassten. Dort stand ein Verkaufsstand. Ich warf einen genaueren Blick – und erstarrte auf der Stelle zu Eis.

»Herzlich willko… Wie?«

Auch für die Verkäuferin am Stand – meine Göttin – schien die Zeit plötzlich stehengeblieben zu sein. Ihr freundliches, liebliches, einladendes Lächeln fiel ihr fast aus dem Gesicht. In ihren weit aufgerissenen Augen sah ich Aiz' und mein Spiegelbild.

Ich wurde kreideweiß. Einen Moment lang standen die Göttin und ich wie versteinert da und starrten einander an.

Dann trat Aiz vor und gab nüchtern eine Bestellung auf: »Zwei frittierte Kartoffeln mit Bohnenmusscreme bitte.«

Eine andere Mitarbeiterin bereitete unser Essen zu. Dann packte meine Göttin es langsam ein, hielt es uns hin und sagte geistesabwesend: »Das macht 80 Valis.«

»Danke.« Aiz nahm die Kartoffeln entgegen.

Dann verzog sich Hestias Gesicht zu einer Fratze, und sie kam zu uns nach vorn gerannt. Mir lief in Bächen der Schweiß über den Rücken.

»Was machst du deeeeeeeeeenn?!«, schrie sie mich an.

»E… E… Es tut mir leiiiiiid!«

Meine Göttin spie fast Feuer vor Wut. Ich hatte ihr nichts davon erzählt, dass Aiz mich unterrichten würde. Kontakt zu anderen Familias zu haben, war gemeinhin nicht gern gesehen. Darüber hinaus war Hestia mit der Göttin Loki, zu deren Familia Aiz gehörte, nicht gerade gut befreundet. Aus irgendwelchen Gründen schien sie sogar Aiz als Feindin anzusehen …

Ich hatte nicht gewusst, wie ich ihr die ganze Sache erklären sollte. Sicher hätte sie Einspruch erhoben, hätte es mir untersagt. Deswegen hatte ich es vor ihr verheimlicht.

»Du und die Prinzessin der Klingen ... Was ist hier los, Bell?!«

»N... Nun ja ... Dafür gibt es wirklich einen guten Grund ...«

»Keine Ausflüchte! Erklär es mir lieber schnell! Hrmpf! He, weg da! Auseinander!«

Sie drängte sich zwischen uns. Aiz wirkte ein wenig verlegen, als meine Göttin sie so feindselig anstarrte.

»Warum bist du mit der Prinzessin der Klingen unterwegs?!«

»Ä... Ähm ... Wir haben uns nur zufällig getroffen!!«

»Vor einer Göttin darf man nicht lügen!!« Sie riss beide Arme in die Höhe und schrie: »Uaaaargh!«

»Hiiilfe!!«

Wütend schüttelte sie den Kopf, und ihre nachtschwarzen Zöpfe klatschten mir so hart ins Gesicht, dass mir die Tränen kamen. Das musste wohl die Strafe dafür sein, dass ich mich mit so einer billigen Lüge hatte herausreden wollen.

»Ähm ... Ich bringe ihm das Kämpfen bei«, schaltete sich Aiz ein, die uns beiden bis hierhin geduldig zugeschaut hatte. Hatte sie es nicht mehr ausgehalten? Immerhin war nun die Wahrheit heraus, und ich war entlastet. Die Wut meiner Göttin verflog, und sie ließ mit einem Seufzen die Schultern hängen. »Bell, hast du ihr etwa deinen Status gezeigt?!«

»N... Nein! Warum sollte ich ihr den zeigen?«

»Dann interessiert sie sich bestimmt für ihn, weil er so schnell stärker wird«, murmelte sie vor sich hin.

Dann starrte sie Aiz an, als wäre sie eine gefährliche Gegnerin, und umschlang mich fest mit beiden Armen. Was war denn in sie gefahren?!

»Willst du meinen Bell etwa für dich haben? Das wird aber nichts! Schließlich hatte ich ihn schon lange vor dir!«

»Göttin, was machst du denn?!«

»Hä?! Uwaaaaah?! B... Bell, warum bist du plötzlich so aufdringlich?!«

Ich?!

»Hestia, Schatz? Ihr stört das Geschäft«, beschwerte sich die Verkäuferin, ein Tiermensch. »Könntet ihr euren Streit bitte woanders führen?«

»E... Es tut mir leid, alte Dame! Los, mitkommen!«

Hestia gab Aiz ein Handzeichen. Während ich komplett erschöpft von ihr fortgezogen wurde, folgte Aiz uns beiden brav. Wir bogen in eine unbelebtere Gasse ab und bildeten dort einen kleinen Kreis.

»So, und jetzt erzählt mir erst mal die ganzen Einzelheiten.«

Meine Göttin schien sich wieder beruhigt zu haben. Unter wiederholten Entschuldigungen schilderte ich ihr alles, was ich ihr bis jetzt verheimlicht hatte. Dabei bat ich auch immer wieder Aiz, meine Aussagen zu bestätigen. Hestia hörte sich mit verschränkten Armen die ganze Geschichte an. Schließlich nickte sie großmütig.

»Hm ... Ich verstehe. Aber ihr müsst trotzdem mit dem Training aufhören.«

»Wie bitte?!«

»Seid Ihr nicht damit einverstanden?«, fragte Aiz.

»Nein, bin ich nicht! Wallenschwein, oder wie du heißt, halte dich bitte von meinem Bell fern. Denk doch auch mal an deine Stellung! Für unsere Familias wäre es das beste wenn ... Ormmmmmmmmpf?!«

Rasch hielt ich meiner Göttin den Mund zu, wobei ich sie innerlich auf Knien um Vergebung anflehte. Später dürfte sie mich nach Herzenslust dafür bestrafen.

»W… Was machst du denn, Bell?!«, schimpfte sie, als sie sich freigestrampelt hatte.

»Ich flehe dich an, Göttin!«, flüsterte ich. »Nur noch ein bisschen! Lass mich noch ein klein wenig mit Aiz trainieren!«

Aiz sah meiner Göttin und mir beim Tuscheln zu, den Kopf zur Seite geneigt.

»Nur noch ein klein wenig? Das sagst du doch nur so.«

»Zwei Tage! Nur zwei weitere Tage hatten wir ausgemacht!«

Ich erzählte ihr von der Expedition der Loki-Familia, die in drei Tagen beginnen würde. Dann verbeugte ich mich immer wieder vor ihr, um meinem Wunsch, den Unterricht bei Aiz bis zum Ende auszukosten, den angemessenen Nachdruck zu verleihen.

»Ich werde die beiden Tage auch ganz sicher nicht vergeuden!«, versprach ich. »Ich will stärker werden, um im Dungeon mehr Geld zu verdienen! Nur deswegen …«

»Hrmpf!«

Meine Göttin ließ mich eine Weile zappeln, aber nachdem sie mich eindringlich gemustert hatte, seufzte sie schließlich.

»Ich bin einfach zu weich …«

»Göttin …«

»Aber wirklich nur noch zwei Tage, ja?«

Endlich hatte ich ihre Erlaubnis. In tiefster Dankbarkeit verneigte ich mich vor ihr. Ich wusste ja selbst, welche Schwierigkeiten ich ihr mit meinem egoistischen Wunsch machte. Zuletzt stellte sie noch eine Bedingung: Die Loki-Familia dürfte niemals etwas davon erfahren, dass Aiz mich trainiert hatte.

»Ich sag's dir gleich, Bell: Stellst du irgendwelchen Unsinn an, dann hat dieses Gespräch nie stattgefunden. Klar?«

»Jawohl.«

»Und du«, sagte sie plötzlich zu Aiz, »komm bloß nicht auf die Idee, ihn zu verführen!«

»Äh … Okay?«

Eilig ging ich dazwischen und hob beschwichtigend die Hände.

»Nun gut«, meinte meine Göttin. »Dann werde ich euch heute beim Training zusehen.«

»Hä?!«

»Was guckst du so, Bell? Es ist schließlich meine Pflicht als Göttin, darauf zu achten, das meinem kostbaren Kind nichts zustößt.«

»Ä… Ähm, und was ist mit deiner Arbeit?«

»Für heute mache ich Schluss. Wartet kurz.«

Sie hob mahnend einen Zeigefinger und lief schnell zu ihrem Verkaufsstand zurück. Mit schweißnasser Stirn schaute ich ihr hinterher und kratzte mich an der Wange. Dann sah ich Aiz fragend an. Ob sie damit wohl einverstanden war? Sie nickte und lächelte.

»Deine Göttin ist nett.«

»Stimmt …«

Mit meiner Göttin im Schlepptau begaben wir uns erneut auf die Stadtmauer und setzten unser Training fort. Ich gab mir die größte Mühe, mich vor ihren Augen nicht zu blamieren, und schaffte es irgendwie, mich nicht ausknocken zu lassen. Dafür musste ich jedoch umso mehr Schläge einstecken. Irgendwann fiel mir auf, dass Nacht geworden war.

»Sag mal, Bell, du lässt dich ja nur grün und blau schlagen!«, sagte Hestia dann, als wir durch das dunkle Treppenhaus gingen.

»Willst du's nicht lieber sein lassen? Diese Wallenschwein verwendet dich doch bloß als Sandsack.«

»G… Göttin …«

Sie hielt meine Hand, während wir die Stufen hinabstiegen, doch ihre Worte bohrten sich wie Nadeln in mein Herz. Am liebsten hätte ich geheult. Hestia hingegen hatte wieder bessere Laune und lächelte fröhlich. Machte es ihr so großen Spaß, mich zu piesacken? Aber nach meiner verzweifelten Bettelarie musste ich mir das wohl gefallen lassen …

Aiz leuchtete uns mit einer kleinen Magiesteinlampe – anscheinend eine absolute Notwendigkeit für Abenteurer –, und ging uns voraus. Das Klacken ihrer Stiefel hallte von den Wänden wider. »Wir sind da«, sagte sie, als wir am unteren Treppenabsatz ankamen, und drückte die Tür nach außen auf.

Es war eine Wohltat, aus der stickigen Luft heraus zu sein. Ich ließ mich vom kühlen Wind umwehen und blickte zum schwarzblauen Himmel auf, an dem nun der goldene Mond stand und unzählige Sterne funkelten.

»Ä… Ähm, Göttin? Wir sind ja jetzt draußen … Du kannst meine Hand also ruhig loslassen …«

»Aber Bell! In diesen Gassen ist es ziemlich düster. Halt mich lieber fest, damit ich nicht stolpere!«

Meine Göttin lächelte und hatte ihre Finger um meine geschlossen, weswegen die Röte nicht aus meinem Gesicht weichen wollte. Es stimmte zwar: Hier am Stadtrand war es wirklich düsterer als im Zentrum. Aber im Mondlicht konnte man eigentlich dennoch gut erkennen, wohin man trat.

Während wir durch die Gassen gingen, die sich allmählich verbreiterten, fragte ich mich, wie wir wohl für Aiz aussahen, Hand in Hand. Ich warf ihr einen verschämten Seitenblick zu und machte mich, ein wenig traurig, darauf gefasst, ihre Miene so unbeteiligt wie immer vorzufinden, doch…

Nanu?

Als ich ihr schönes Profil von der Seite ansah, stutzte ich. Sie hatte ihre wohlgeformten Augenbrauen leicht zusammengezogen und wirkte angespannt.

Rasch blickte ich mich um. Die Gasse hatte sich hier in einer Biegung ein wenig verengt. Es war nicht das leiseste Geräusch zu hören, und die Schatten hier waren geradezu unnatürlich dicht. Man sah so gut wie nichts. Gab es hier keine Straßenlaternen? Oder hatte sie jemand zerstört? Ich sah mir die magischen Lampen genauer an, und tatsächlich: Anscheinend hatte sie jemand zerschlagen.

»Uwah?!« Meine Göttin packte meine Hand fester.

Aiz schien etwas bemerkt zu haben und blieb stehen. Ich las in ihren goldenen Augen, dass sie Gefahr witterte. Ich hielt ebenfalls an und blickte ich in die Richtung, in die sie schaute. Dann trat zwischen zwei Gebäuden eine Gestalt hervor.

Ein Feline?

Der Mann trug dunkle Panzerung und Kleidung, und ein Visier verdeckte seine obere Gesichtshälfte. Ich sah jedoch die für diesen Tiermenschenstamm typischen Katzenohren. Hatte er die Lichter hier zerschlagen? Der Tiermensch, der etwas kleiner als ich war, kam langsam näher. Als er bis auf zwanzig Medol heran war, hörte ich ein Klopfen auf der Steinplatte, und plötzlich war der Mann verschwunden. Einen Sekundenbruchteil später tauchte er direkt vor mir wieder auf. Wie schnell – ich hatte überhaupt nichts mitbekommen!

Das dunkelfarbige Visier blitzte metallisch auf, und dann stieß er locker mit seinem Speer nach mir. Kurz war ich wie versteinert und sah mich schon tot am Boden liegen.

»Hngh?!«

»Wa...«

Von der Seite kam eine schmale silberfarbene Klinge angeschossen, gezückt mit gottgleicher Geschwindigkeit, und blockte den heranrasenden Speer. Funken stoben auf.

Jetzt lief auch für mich die Zeit weiter. Kalter Schweiß rann mir über die Stirn, aber es gelang mir endlich, in Verteidigungshaltung zu gehen.

Der Gegner war ein Stück zurückgesprungen, aber Aiz machte mit erhobenem Säbel einen Schritt auf ihn zu, und im nächsten Moment prallten die beiden aufeinander.

»H... Hey, hey, hey!«, rief meine Göttin aufgeregt, aber ihre Schreie gingen im Klirren von Metall unter.

Wie schnell sie waren! Der Speer wirbelte herum, und die Klinge schnitt immer wieder seitwärts durch die Luft. Ich konnte nicht folgen, erkannte nicht einmal ihre Bewegungen! Meine Göttin und ich konnten nur danebenstehen, während der schwarze Schatten und das goldene Leuchten Schläge abtauschten.

Und dann, mitten im Kampf, geschah plötzlich etwas: Vier Silhouetten erschienen auf den Dächern der Wohnhäuser und sprangen lautlos herab. Ich sah vier Waffen bedrohlich funkeln: ein Schwert, ein Schlägel, ein Speer, und eine Axt.

»Aiz!!«, schrie ich.

Aber sie war bereits in Bewegung: Rasch schlug sie ihren Gegner beiseite und schleuderte dann mit einem einzigen großen Schwertstreich die vier herabstürzenden Angreifer weg. Krachend schlugen sie auf dem Boden auf.

»Du Monster!«, spie der Feline aus einigem Abstand.

Aiz antwortete, indem sie ihre Klinge durch die Luft sirren ließ. Hinter ihr waren die vier Angreifer aufgesprungen, und nun sah ich, dass es Pallums waren. Sie trugen dieselbe Ausrüstung wie der Feline, einschließlich der Visiere. Zweifelsohne waren sie seine Kameraden. Nun umringten sie Aiz zu fünft und näherten sich erbarmungslos.

»B… Bell, lass uns heimgehen. Hier können wir nichts ausrichten …«

Unter anderen Umständen hätte ich die Worte meiner Göttin für einen Scherz gehalten. Aber sie hatte recht: Diese fünf Männer waren mir in allen Belangen überlegen. Das mussten erstklassige Kämpfer sein, so geschickt, wie sie ihre Waffen herumwirbelten. Und diesem Ansturm aus hochrangigen Abenteurern stellte sich einzig und allein eine goldblonde Frau entgegen. Meisterhaft schwang sie ihr Schwert herum, wehrte mehrere Angriffe auf einmal ab und hieb sofort wieder nach den Angreifern. Sie war wahrhaftig die Prinzessin der Klingen. Ihre rasanten Schwertschläge verschwammen vor meinen Augen und hinterließen Nachbilder. Sie hatte gewaltige Höhen erklommen, war mir unendlich fern, in einer ganz anderen Dimension.

Ich Idiot! Was mach ich denn?

Ihr Können verblüffte mich derart, dass ich mich kurz schütteln musste, um wieder einen klaren Kopf zu bekommen. Was hatte sie davon, wenn ich sie anstarrte? Hatte ich nichts Wichtigeres zu tun? Ich durfte nicht bloß herumstehen! Ich musste ihr helfen!

»Urgh?! B… Bell?!«

»Huch?!«

Gerade hatte ich Aiz zu Hilfe eilen wollen, da klammerte sich plötzlich meine Göttin an mich. Ich drehte mich um und sah nun auch auf unserer Seite vier schattenhafte Gestalten zwischen den Gebäuden hervortreten, zwei Männer und zwei Frauen. Sie trugen die gleiche Ausrüstung wie die anderen.

Verdammt, was jetzt?

Ich hatte nur einen Augenblick gezögert, da drangen sie auch schon auf mich ein.

»Hngh!«

Abwehren. Ich musste sie einfach abwehren. Während die vier Gestalten näherkamen, zog ich meinen Dolch und das Hestia Knife.

»Göttin, hinter mich!«

Ich wartete nicht auf eine Reaktion, sondern trat unseren Gegnern entgegen. Als Erstes hatte eine Dolchkämpferin die Distanz überbrückt. Feindselig blickte sie mich durch ihr Visier an und hieb mit ihrer Waffe nach mir.

Moment mal ... Ich kann ja ihren Bewegungen folgen!

Direkt bevor sie mich treffen konnte, machte ich blitzschnell einen Schritt auf sie zu.

»Was?!«

»Hrmpf!«

Ich kam ihr zuvor, und mein Dolch traf ihren Brustpanzer. Sie schrie auf und wurde nach hinten geschleudert – aber ich wirbelte bereits wieder herum. Meine Göttin keuchte erschrocken, als ich sie an mich riss: Mit knapper Not waren wir dem Stoß eines Langschwerts entronnen. Ich hatte den Angriff vorhergesehen und wehrte den Mann mit einem Tritt ab, der ihn ins Wanken brachte. Ich trat noch einmal nach, und er wurde gegen die noch übrige Abenteurerin geschleudert.

Die sind auf Level 1! Wie ich!

So viel wusste ich nach dem kurzen Schlagabtausch: Sie waren nicht so stark wie die Männer, gegen die Aiz kämpfte, eher ungefähr auf meinem Niveau. Unsere Werte sollten sich nicht groß unterscheiden.

Bei einem Duell kam es auf Technik und Strategie an. Das hatte Aiz mir tagtäglich eingebläut.

Ein Gegner schlug mit einer pechschwarzen Klinge nach meiner Flanke, aber ich wehrte sie mit aller Kraft ab.

»Hääa?!«

Er hatte anscheinend nicht erwartet, dass ich sein Langschwert einfach mit einem Dolch abwehrte – ich selbst war genauso überrascht. Ich nutzte die Gelegenheit, riss mein rechtes Bein herum und verpasste ihm einen nunmehr erprobten Roundhouse-Kick ins Gesicht.

»U... Uarghs!« Der Kämpfer flog zur Seite und ließ dabei sein Schwert fallen.

»Bell, da sind sie schon wieder!«, rief meine Göttin.

»Mist!«

Die ersten drei hatten uns beide eingekreist, und nun stürzten sie sich gleichzeitig auf uns. Ich atmete kurz durch, dann stürzte ich mich auf das Langschwert, das der Abenteurer hatte fallen lassen.

»Runter, Göttin!«

Als ich mit aller Kraft die schwere Waffe herumriss, duckte sich meine Göttin und hielt sich den Kopf.

»Haaargh!!«

Ich ließ das Schwert herumwirbeln und schleuderte alle drei heranspringenden Abenteurer auf einmal zurück.

Ich kann ein Langschwert einsetzen!, jubelte ich innerlich, geriet aber durch den Schwung ein wenig ins Wanken. Wie die Waffe in meinen Händen lag, so schwer und verlässlich, das war ein ganz neuartiges Gefühl.

»Woooow!«, rief Hestia und klammerte sich an meinen Arm. »Bell, das war gerade voll cool! Ich hab mich gleich noch mal in dich verliebt!«

»B… Beruhige dich bitte, Göttin!«, sagte ich, etwas außer Fassung.

Als ich aufschaute, sah ich, dass Aiz noch mitten im Kampf steckte. Und das war eine ganz andere Dimension, ein Tanz der Klingen geradezu. Funken flogen, während die Klingen immer heftiger gegeneinander schlugen.

Ich wusste schon vorher, dass es nichts bringen würde. Dennoch streckte ich fast reflexartig meinen rechten Arm aus. Ich versuchte meine Göttin zu ignorieren, die an meinem linken Arm hing, und konzentrierte mich ganz auf die Kämpfer, die meine Lehrmeisterin bedrängten.

»Aiz!«

Sie blickte kurz in meine Richtung, dann sprang sie rasch beiseite.

»Firebolt!!«

Sechsmal schoss ich. Es knallte, und Flammenblitze entluden sich auf die Männer. Einen Moment lang war die ganze Gasse orangefarben erleuchtet. Donner hallte von den Wänden wieder. Auf dem Weg war ein regelrechtes Flammenmeer entstanden, aber der Feline und die vier Pallums traten einfach durch das Feuer.

»Er hat Magie gewirkt, ohne eine Zauberformel zu sprechen«, murmelte einer von ihnen.

»Das müssen wir ihr berichten. Sie wird sich bestimmt freuen.«

Ich hatte es wieder einmal übertrieben mit meinem Feuerblitz: Mein rechter Arm fühlte sich taub an, und ich war benommen. Unterdessen unterhielten sich die Männer ungerührt weiter, mitten im tosenden Feuer, und grinsten noch dabei. Eigentlich war ich auf diesen Ausgang gefasst gewesen, aber es traf mich dennoch. Atemlos stand ich da und sah die Kämpfer aus schmalen Augen an. Der Kräfteunterschied zwischen ihnen und mir war überdeutlich.

»Das war zu auffällig«, schimpfte einer. »Das Feuer lockt noch Leute an!«

»Ich weiß«, sagte der Feline und warf einen kurzen Blick nach oben. »Es reicht jetzt. Gehen wir.«

Er nickte noch einmal, dann lief er davon. Die Pallums sammelten noch schnell die Abenteurer ein, die ich besiegt hatte, dann verschwanden auch sie in den Schatten.

Die Flammen in der Gasse erloschen allmählich, bis schließlich nur noch ein wenig Glut auf dem Boden übrig blieb.

»Bell …«

»Ach, tut mir leid, Göttin …«

Ich wandte mich ab und befreite mich aus ihrer Umklammerung. Dennoch blieb sie in meiner Nähe. Sie schaute zu mir auf und streckte eine Hand nach meiner Wange aus.

»Geht es dir gut?«

Sie hatte mir wohl meinen Gram angemerkt, weswegen sie sich nun erkundigte. Sicher wusste sie ganz genau, was in mir vorging. Der Gedanke versetzte mir einen Stich ins Herz. Doch dann spürte ich ihre warme, weiche Hand auf meiner Wange und brachte zumindest ein verlegenes Lächeln zustande.

»Bist du unverletzt?«, fragte sie.

»Ja, ich bin in Ordnung. Was ist mit Aiz?«

»Mir fehlt nichts«, antwortete Aiz so nüchtern wie immer. Sie hatte keine einzige Schramme am Körper.

Ich war der einzige, der immerzu gerettet werden musste. Ich biss mir fest auf die Unterlippe und versuchte, ruhig zu bleiben.

»Was waren das für Leute?« fragte ich. »Warum haben die uns plötzlich angegriffen?«

Alle Angreifer hatten ihre Gesichter versteckt, und an ihrer Ausrüstung war auch kein Emblem einer Familia zu erkennen gewesen. Sie hatten im Vorhinein alle Lichtquellen eliminiert und die Leute vertrieben. Offensichtlich hatten sie sich diesen Ort gezielt für den Überfall ausgesucht – es war eine geplante Aktion gewesen. Aber was konnten sie für einen Grund gehabt haben, uns in der Dunkelheit zu überfallen?

»Solche Überraschungsangriffe passieren öfter«, erklärte Aiz.

»Ist das wahr?!«

»Außerhalb des Dungeons sind sie allerdings eher selten …«

Im Umkehrschluss bedeutete das, dass so etwas im Dungeon keine Seltenheit war. Mir fehlten die Worte.

Die Angreifer schienen ziemlich stark gewesen zu sein, gehörten also vermutlich zu den Streitkräften einer mächtigen Familia. Vielleicht hatten sie herausgefunden, dass Aiz getrennt von ihrer Familia unterwegs war, und hatten sie deswegen angegriffen …

»Eins wundert mich aber«, sagte Hestia. »Ich kann ja verstehen, dass sie Wallenschwein angreifen. Aber warum uns – oder besser gesagt dich, Bell?«

»Hm …«

»Und ihr hattet beide Gegner, die von der Stärke her zu euch passten. Komisch, oder?«

Ich teilte ihre Verwunderung. Bei den Kämpfern, die sich auf Aiz gestürzt hatten, war ja noch verständlich, dass sie die entsprechenden Fähigkeiten mitgebracht hatten. Aber warum hatten auch meine Gegner genau die richtige Stärke für mich gehabt? Was für eine Absicht konnte dahinterstecken, das so zu planen? Am Ende konnte ich nur spekulieren.

»Hast du eine Ahnung, wer diese Angreifer gewesen sein könnten, Wallendings?«, fragte Hestia.

»Da gäbe es zu viele Möglichkeiten«, antwortete Aiz.

»Meine Güte. Bei Loki scheint es wirklich chaotisch zuzugehen.«

»Es tut mir leid ...«

»Urgh ... Na ja, egal. Wir sollten hier jedenfalls schnell weg. Wir wissen nicht, wie viel Aufmerksamkeit der Lärm erregt hat.«

Da hatte sie recht. Nach all dem Krach würden sicher bald Stadtbewohner und vielleicht sogar jemand von der Gilde erscheinen. Lieber verschwanden wir von hier, bevor wir in noch mehr Probleme verstrickt wurden.

Wir waren ein Stück durch die Gassen gerannt, da ...

»Was ...«

... begann ich am ganzen Körper zu zittern. Mir war, als hielte jemand mein Herz umklammert. Ich fühlte mich beobachtet. Vor meinem geistigen Auge sah ich auf einmal ein bezauberndes Grinsen.

Reflexartig schaute ich in die Höhe, in dieselbe Richtung wie der Feline zuvor: Dort erhob sich der große weiße Turm Babel und blickte auf mich herab. Aus irgendeinem Grund beschleunigte sich mein Puls.

Nur am Rande bekam ich mit, wie meine Göttin mich mehrfach ansprach und Aiz mich verwirrt ansah. Ich stand einfach nur da, von einer düsteren Vorahnung erfüllt, dass irgendetwas langsam, aber unaufhaltsam auf mich zukam. Ich spürte es ganz deutlich, während über mir die silbernen Sterne funkelten, und mich überkam ein Frösteln.

Kapitel 4: Der Sinn eines Abenteuers

»Hm.«

Aiz saß auf einem Sessel, die Arme um die Knie geschlungen. Sie dachte nach.

Der große Raum war in ein warmes Licht getaucht. Hier standen mehrere runde Tische, und es gab Sofas, auf denen noch ein paar andere entspannt ihre Beine ausstreckten. Dies war das Zuhause der Loki-Familia. Genauer gesagt das Empfangszimmer.

»Worüber denkst du nach, Aiz?«, fragte eine junge Frau, das Kinn auf ein Knie gestützt. Ihre Kleidung bestand aus zwei Tüchern: Eins hatte sie sich um die Brust gewickelt, das andere um die Hüfte. In diesem Outfit zeigte sie viel von ihrer beigefarbenen Haut, was typisch für ihr Volk war.

»Tiona ...«

»In letzter Zeit schaust du immer so nachdenklich. Wenn du irgendwelche Sorgen hast, kannst du jederzeit mit mir sprechen.«

Als Aiz Tionas freundliches Lächeln sah, entspannte sich auch Aiz' Miene. »Danke«, sagte sie nur und verfiel wieder in Schweigen.

»Lass es lieber, Aiz«, sagte ein junger Tiermensch mit aschgrauem Haar. »Mit Tionas Ratschlägen kannste nichts anfangen. Die will ihre Nase nur in deine Angelegenheiten stecken.«

»Halt die Klappe, Bete, mit dir redet gerade keiner!«

»Na ja, er hat nicht ganz unrecht«, sagte eine zweite junge Amazone. »Traurig eigentlich.«

»Moment mal, Tione! Warum schlägst du dich auf Betes Seite?!«

Kaum hatten sich Bete und Tione eingemischt, entbrannte ein lebendiges Streitgespräch.

»Und wo treibst du dich überhaupt in letzter Zeit rum?«, fragte Bete. »Früh am Morgen haust du plötzlich ab. Und gestern warst du den ganzen Tag über nicht im Zuhause.«

»Oje, hast du das gehört, Tione?«, fragte Tiona. »Bete scheint Aiz hinterherzuschnüffeln. Weiß genau, wann sie zu Hause war und wann nicht. Echt widerlich!«

»Bete ist eben fürsorglich und macht sich zu viele Gedanken. Zumindest, wenn's um Aiz geht. Irgendwie ist das doch ganz niedlich.«

»Haltet die Klappe, ihr Schlachtweiber!«, schimpfte Bete. »Die Expedition rückt näher. Wenn sie irgendwelchen Quatsch macht, kriegen wir noch Probleme!«

»Was ist denn dabei? Ist ja nicht so, als würde sie wieder allein in den Dungeon gehen. Alles andere ist doch halb so wild. Außerdem sollst du uns nicht so nennen!«

Es war Aiz unangenehm, dass die anderen sich ihretwegen stritten. Sie wollte jedoch kein Öl ins Feuer gießen, also hielt sie lieber den Mund und sah ihnen bloß zu. Dann hörte sie plötzlich von einem anderen Tisch ein Geräusch und drehte sich dorthin.

Klackernd schoben eine schöne Elfenfrau und ein junger Pallum Spielfiguren über ein Brett. Sie war zwei Köpfe größer als er und schaute ernst drein. Er hingegen saß gemütlich da, ganz ins Spiel vertieft.

»Schach«, sagte er, während er eine Figur zog.

»Hrmpf …« Die Elfin runzelte ihre wohlgeformte Stirn, und nachdem sie eine Weile nachgedacht hatte, legte sie mit einem Seufzen beide Hände auf die Knie. »Und vorbei. Ich gebe auf.«

»Das war zu früh, Riveria. Du hättest sicherlich noch etwas länger durchgehalten.«

»Ich mag keine Kämpfe, die ich nicht mehr gewinnen kann, Finn.«

Die beiden schauten einander an. Schließlich bemerkte die Elfenfrau, dass Aiz zu ihnen herübersah. Sie warf ihre jadefarbenen Haare nach hinten.

»Ist irgendetwas? Du möchtest doch nicht etwa eine Partie gegen mich wagen, oder?«

»Ha ha! Aiz würde ich gerne mal spielen sehen«, sagte Finn. Er sah kindlich aus, wirkte jedoch hochintelligent. Seine blauen Augen erinnerten an die Oberfläche eines Sees. »Aber jetzt sag doch mal: Hast du irgendwelche Sorgen, Aiz?«

»Oho, das wäre mal was ganz Neues«, meinte Riveria. »Ja, falls dich etwas bedrückt, sag es mir unbedingt!«

Nun wollten sogar die beiden Vizeanführer der Loki-Familia es wissen. Aiz dachte einen Moment nach und fragte dann: »Riveria und Finn, wie geht ihr vor, wenn ihr anderen Abenteurern etwas beibringen wollt?«

»Worüber du dir wieder Gedanken machst«, meinte Riveria.

»Hm«, machte Finn. »Es ist aber schon eine interessante Frage.«

»Wie? Was? Wo? Hat Aiz etwas gesagt?!«

Tiona und die anderen hatten ihren Zank beigelegt und gesellten sich auch hinzu. Sie bildeten einen Kreis um Aiz und begannen, der Reihe nach auf ihre Frage einzugehen.

»Wie kommst du plötzlich darauf?«, fragte Tiona. »Ist irgendwas passiert?«

»Etwas beibringen kannst du nur einem Abenteurer, der schwächer ist als du«, meinte Tione.

»Es ist Zeitverschwendung, sich um irgendwelche Schwächlinge zu kümmern«, schimpfte Bete. »Lass dir nicht so einen Blödsinn einfallen!«

Aiz hielt weiterhin ihre Knie umklammert. Sie fragte erneut: »Was würdet ihr machen?«

»Ich würde mit einer Meditation anfangen«, erklärte Riveria. »Zuerst muss man sich selbst besser verstehen lernen.«

»Gleich ab in den Dungeon!«, sagte Tiona. »Es geht nichts über ernste Kämpfe!«

»Vielleicht ein Trainingskampf?«, meinte Tione. »Ich würde die Person in der Luft zerreißen.«

»Das meinst du hoffentlich nicht wörtlich«, sagte ihre Schwester.

Nachdem die Frauen ihre Meinung gesagt hatten, verzog Bete den Mund und schnaubte.

»Mich dürft ihr nicht fragen. Schwächlinge bleiben Schwächlinge. Es bringt nichts, denen was beizubringen.«

»Bete, manchmal redest du wie ein Philosoph.«

»Hä? Ich glaub, er macht nur auf cool.«

»Ich reiß euch beide gleich in Stücke!«

»Eins zumindest haben wir von Bete gelernt«, warf Riveria ein, »Wer sich nur an seiner eigenen Stärke ergötzt, kann auch nichts aus anderen herausholen.«

»Laber keinen Scheiß, alte Frau!«

Aiz hörte eine Weile zu, wie die Diskussion immer weiter abschweifte. Dann wandte sie sich an den letzten, der noch nichts gesagt hatte. »Und du, Finn?«

»Hm? Ich weiß nicht. Aus jedem lässt sich was anderes herausholen. Daher ist es schwierig, was Konkretes zu sagen.«

Der kleine Finn versank beinahe in dem großen Sofa. Nachdenklich strich er sich über das Kinn.

»Warum stellst du diese Frage überhaupt?«, gab er schließlich zurück. »Je nachdem könnte meine Antwort anders ausfallen.«

»Also ich ...«

Eigentlich war die Antwort einfach: Sie grübelte, wie sie Bell etwas beibringen konnte. Schon sechs Tage waren vergangen, seit sie angeboten hatte, den Jungen zu unterrichten. Zu Beginn hatte sie einfach nur das Rätsel seines rapiden Wachstums ergründen wollen, aber nun dachte sie eigentlich nur noch darüber nach, wie sie ihn weiter voranbringen konnte.

Sie konnte selbst nicht genau sagen, warum sie solchen Eifer an den Tag legte. Nur eins wusste sie: Seine Zielstrebigkeit beeindruckte sie enorm. Er war auf gute Art und Weise unkompliziert. Ihre Unterweisung brachte ihm nichts als Quälerei. Dennoch setzte er sich ihr immer wieder tapfer aus und gab sich die größte Mühe.

Er zweifelte nie, sondern nahm einfach alles in sich auf, fast ein wenig treudoof. Dadurch konnte er sich Sachen leichter merken. Er lernte zwar nicht gut, aber schnell. Die schlechte Effizienz machte er mit seiner einfältigen Offenherzigkeit wieder wett.

Aber genau deswegen machte Aiz sich seit mehreren Tagen Gedanken. Sie musste aufpassen, dass er nichts Falsches lernte. Damit seine Entschlossenheit auch belohnt wurde. Schließlich war sie während dieser kurzen Zeit sein Vorbild.

Was, wenn Finn davon erfährt?

Ihr Umgang mit Bell war unangebracht, und vorerst durfte nichts darüber herauskommen. Hinzu kam der Überfall dieser rätselhaften Gruppe letzte Nacht (wobei sie so etwas eigentlich nur einer Organisation zutraute). Auch den musste sie geheimhalten, wenn sie ihr Training mit Bell nicht gefährden wollte.

»Es ... hat mich einfach interessiert«, sagte sie schließlich.

»Na gut, dann noch ein letztes Wort zu dem Thema.« Finn strich sich das blonde Haar aus der Stirn. »Eins brauchen wir Abenteurer unbedingt, wenn wir uns auf ein Abenteuer begeben. Und dieses Etwas gilt es in dem Schüler zu kultivieren.«

Aiz hörte schweigend zu, dann bedankte sie sich. Finn zuckte mit den Schultern und stand auf.

»Ich hoffe, du gehst nicht zu unbedacht vor. Vielleicht ist es auch eine Chance für dich. So viel ist klar: Du arbeitest mit einer anderen Gruppe zusammen. Erst einmal lasse ich dich gewähren. Ich kann nicht ewig so tun, als wüsste ich nichts davon, aber ich werde Loki vorerst nichts davon erzählen.«

Aiz senkte den Blick.

»Nur eine Warnung noch: Pass unbedingt auf, dass du unsere Familia nicht in Gefahr bringst.«

Finn lächelte sie noch einmal an, dann verließ er das Empfangszimmer. Aiz schaute ihrem kleinen Anführer hinterher. Anscheinend konnte sie Riveria und ihm nichts vormachen.

»Du scheinst in letzter Zeit jedenfalls viel Spaß zu haben«, meinte Tiona. Sie trat aus der Gruppe um Riveria heraus.

»Wie kommst du darauf?«

»Wenn du nicht in den Dungeon gehst, träumst du vor dich hin oder pflegst deine Waffen. Immer eins von beidem. Und jetzt zermarterst du dir das Hirn und murmelst dabei …«

Tiona lachte, als sie Aiz' bestürzten Blick sah.

»Du denkst nach, lässt dir was einfallen, probierst was aus … Sieht für mich nach Spaß aus.«

»Ach ja?«

»Ja, Aiz«, sagte Tiona übertrieben selbstbewusst. »Das nennt man Spaß.«

Nun wusste Aiz endlich, was für ein Gefühl das war, das sie nicht so recht hatte bestimmen können. Ein leises, glückliches Lächeln trat auf ihr Gesicht.

Der Lärm um mich herum schien aus weiter Ferne zu kommen. Stocksteif stand ich da und starrte das Papier in meinen Händen an.

»Level 6 …«

Auf der langen Liste der Abenteurer hatte ich hinter Aiz Wallensteins Eintrag eine Veränderung entdeckt und war mit einem Mal völlig gebannt.

»Eigentlich ist es schon ein bisschen her«, sagte Eina. »Es ist aber erst jetzt öffentlich bekannt gemacht worden, dass Fräulein Wallenstein aufgestiegen ist …«

Ihre Worte gingen bei mir zum einen Ohr hinein und zum anderen wieder hinaus. Jene, die ich verzweifelt einzuholen versuchte, hatte sich in noch höhere Sphären begeben – ein gewaltiger Schock.

Nach meiner Tour durch den Dungeon war ich ins Gildenhauptquartier zurückgekehrt. Dabei war mir an der Anschlagtafel der Lobby, auf die ich eigentlich nur selten einen Blick warf, die ganz unscheinbare Ankündigung ins Auge gefallen. Ich war danach sofort zu Eina gelaufen, um es zu überprüfen.

»Anscheinend hat sie ganz allein einen Ebenenherrscher besiegt, weit unten im Dungeon auf einer der Tiefebenen …«

Ein Ebenenherrscher … Ein Monster Rex. Eigentlich besiegte man solche Gegner in der Gruppe. Sie waren sozusagen die Bosse unter den Monstern, weit größer und stärker als gewöhnliche Gegner, und je tiefer im Dungeon sie einem begegneten, desto gefährlicher waren sie. Den Herrscher einer Tiefebene sollten eigentlich nur ganz wenige Familias besiegen können. Und so eine Kreatur hatte Aiz ganz allein bezwungen?

»Ähm, Bell? Ich weiß, es ist nicht leicht, aber lass dich davon bitte nicht einschüchtern. Auch ich hab noch nie gehört, dass jemand ganz alleine einen Ebenenherrscher besiegt habe. Fräulein Wallenstein ... ist wohl etwas ganz Besonderes.«

Wahrscheinlich hatte Eina recht. Dennoch war ich niedergeschlagen. Ich dachte daran zurück, was ich am vorigen Tag in der Gasse mitangesehen hatte. Ohne zurückzuweichen, hatte sie sich gegen einige der Stärksten der Stadt behauptet. Der Kampf hatte mir klar vor Augen geführt, wie schwach ich war. Sie alle waren so unglaublich schnell gewesen.

Wie weit würde sie sich noch von mir entfernen? Vielleicht war es zwecklos, nach solchen Höhen zu streben. Womöglich würde ich sie niemals einholen. Angesichts dieser bedrückenden Aussicht sank mir das Herz.

»Bell?« Eina blickte mir besorgt ins Gesicht.

»Ach, tut mir leid. Ich war in Gedanken. Ich werde wohl mal heimgehen.«

Ich lächelte sie etwas verlegen an, verbeugte mich höflich und versprach ihr im Gehen noch, dass ich mich am nächsten Tag wieder ordentlich anstrengen würde. Während sie mir mit gerunzelter Stirn hinterherwinkte, verließ ich das Hauptquartier der Gilde.

Ich hatte mir nichts anmerken lassen, aber die Sache war ein schlimmer Schock für mich. Ich war so vor den Kopf geschlagen, dass ich kaum gehen konnte, und mir war übel. Keuchend und mit hängendem Kopf stolperte ich auf die Hauptstraße hinaus.

Während am Abendhimmel die Dunkelheit sich langsam gen Westen ausdehnte, wurde es in der Stadt immer lebendiger. Die Gasthöfe begrüßten die heranströmenden Gäste. Am Straßenrand spielte ein Elfenbarde auf einer Harfe und begeisterte die Abenteurer Orarios mit selten schönem Gesang.

Als ich kurz stehenblieb, lächelte er mich an. Ich wusste nicht, mit was für einem Gesicht ich ihn angeschaut hatte, versuchte mir jedoch ein Lächeln abzuringen und warf ihm eine Münze zu, um dieser Situation so schnell wie möglich entfliehen zu können ... Schließlich kamen hier die starken, erhabenen Abenteurer Orarios zusammen.

Ich nahm nicht den direkten Weg nach Hause, sondern ging erst noch durch den Zentralpark. Während eine Welle aus Abenteurern an mir vorüberzog, schaute ich zum Turm Babel hin, zum Dungeon. Nach einer Weile ging ich in Richtung der westlichen Hauptstraße weiter. Um mich herum herrschte wildes Treiben, aber ich fühlte mich einsam inmitten der vielen Leute.

»Bell?«

»Hm?«

Als ich plötzlich meinen Namen hörte, hob ich meinen Blick von den Steinplatten und sah Syr mit wehendem dunkelgrauem Haar auf mich zulaufen. War ich etwa schon in der Nähe der *Hostess of Fertility?* Aber da sah ich bereits ein Stück voraus die Fassade des großen Gasthauses. Syr ergriff ohne Vorwarnung meine Hand.

»Huch?«

Ihre Hände waren so weiß wie Milch. Ich sah Syr sprachlos an, während sie schweigend meine Hände betrachtete. Was sollte das? Wollte sie mich fangen? Meine Körpertemperatur prüfen?

Ich verstand nicht, was hier vor sich ging, wurde jedoch schon wieder rot. Auch sie hatte rosige Wangen und sah mich freudig an: »Bell, du kommst genau richtig!«

Klackernd spülte ich Teller unter laufendem Wasser. Während die Felinen-Köche des Gasthauses aufgeregt in der Küche herumliefen, kümmerte ich mich schweigend um den Abwasch.

»Danke, Bell!« Syr kam angelaufen und legte die Hände zusammen. »Toll, dass du mitgekommen bist, um mir bei der Arbeit zu helfen!«

»Du hast mich doch mitgeschleppt! Ich hatte gar keine Wahl!«

Ich war in ihre Falle getappt und wurde nun genötigt, für sie als Tellerwäscher zu arbeiten.

»Die Arbeit hatte sich angestaut, aber ich war faul und hab einfach Pause gemacht ... Und da hat Mama Mia mir Extraaufgaben aufgebrummt!«

»Die hattest du dann ja auch verdient, oder?!«

Und hatte sie gerade wirklich *faul* gesagt?!

Aber sie schien tatsächlich sehr viel zu tun zu haben. Neben ihrer Arbeit als Kellnerin musste sie noch allerlei andere Dinge erledigen, weswegen sie ständig zwischen dem Gästebereich und der Küche hin und her eilte.

»Mach schneller, Weißschopf! Miau.«

»Syr nutzt den Jungen nur aus. Er tut mir schon ein wenig leid ... Miau.«

»Urgh ...«

Angetrieben von meinen Kolleginnen Chloe und Anya wusch ich wie besessen Teller ab. Zugegeben, begeistert war ich nicht gerade. Aber Syr kümmerte sich immer so gut um mich und gab mir Lunchpakete mit, da konnte ich auch mal ein wenig nett sein. Wenngleich ich mich lieber anders erkenntlich gezeigt hätte, nicht indem ich für sie in der Küche schuftete. Immerhin hatte ich so etwas zu tun und kam nicht ins Grübeln. Andernfalls hätte ich nur wieder über *sie* nachgedacht. Lieber schrubbte ich wortlos einen Teller nach dem anderen.

»Kommst du zurecht, Herr Cranel?«, sprach mich plötzlich von der Seite eine Mitarbeiterin an.

»Hä?«

»Das ist ja ein gewaltiger Stapel. Warte, ich helfe dir.«

Die Elfin war so zart gebaut, dass man befürchten musste, sie würde bei der leichtesten Berührung zerbrechen. Sie hatte spitze Ohren und hellblaue Augen, in denen man versinken konnte. Ich hatte sie schon kennengelernt: Sie hieß Ryu.

»T... Tut mir leid, dass du mir helfen musst ...«

»Nein, daran ist Syr schuld. Und ein bisschen vielleicht auch wir anderen, weil wir ihr das durchgehen lassen. Eigentlich muss eher ich mich entschuldigen. Ich bitte um Verzeihung!«

»N... Nicht doch!«

Aufgeregt sah ich Ryu von der Seite an. Sie erledigte die Aufgabe mit beinahe übertriebener Ernsthaftigkeit. Ich hatte zwar gewusst, dass sie sehr höflich war, aber das hier überstieg dann doch meine Erwartungen. Sie war eine Elfin, wie sie ihm Buche stand.

»Ist irgendwas vorgefallen?«

»Wie?«

»Eigentlich geht es mich nichts an, aber du scheinst irgendwie niedergeschlagen zu sein.«

Ich sah ihr verträumt dabei zu, wie sie mit geübten Handgriffen die Teller wusch und gründlich alle Essensreste wegspülte. Elfen waren ein Volk von herausragender Schönheit, und Ryu stellte keine Ausnahme dar. Ihr Gesicht war außerordentlich wohlgeformt, und auch wenn sie eine gewisse Kühle ausstrahlte, hätte man sich sofort in sie verlieben können.

»Wenn du magst, höre ich mir deine Sorgen gerne an.«

Ich war sprachlos.

»So viel sind wir dir schon schuldig, wenn wir dir Arbeit aufs Auge drücken. Ich möchte dich aber nicht zum Reden zwingen.«

Sie war so nett und einfühlsam, dass ich ihr liebend gern alles anvertraut hätte. Aber ich konnte es nicht. Etwas in mir sträubte sich dagegen. Die, die ich so sehr bewunderte, hatte mich weit hinter sich gelassen. Niemand sollte sehen, wie erbärmlich, schwach und enttäuscht ich mich fühlte. Gleichzeitig fand ich mich selbst ein bisschen armselig, weil ich mich so sehr an meinen Stolz klammerte.

Um mein Unbehagen zu überspielen, beschloss ich, Ryu etwas zu fragen. Eine Sache ging mir nämlich nicht aus dem Kopf, seit ich heute vom Rangaufstieg von Aiz erfahren hatte.

»Ähm, Ryu … Du warst auch mal eine Abenteurerin, oder?«

»Ja, früher hab ich mich so genannt. Warum?«

Sie sollte nicht denken, dass ich in ihrer Vergangenheit herumstochern wollte, darum fragte ich rasch: »Was muss man tun, um einen höheren Level zu erreichen?«

Bis jetzt hatte ich gedacht, ich müsse einfach nur Excelia sammeln, aber irgendwie schien das nicht zu genügen. Zwischen Level 1 und Level 2 war eine gewaltige Kluft. Vielleicht gab es sogar so etwas wie eine Mauer zu überwinden, wenn man den Rangaufstieg schaffen wollte.

Ryu dachte einen Moment nach. Dann sah sie mich an und sagte: »Man muss eine große Tat vollbringen.«

»Wie bitte?«

»Es sollte etwas so Großartiges sein, dass Menschen wie Götter gar nicht anders können, als dich dafür zu preisen.«

Eine große Tat also …

»Du könntest zum Beispiel einen übermächtigen Gegner bezwingen. Jedenfalls muss man eine gewisse Menge höherrangiger Excelia erringen. Das ist die Bedingung für einen Levelaufstieg.«

Höherrangige Excelia ... Dann konnte ich also ewig schwächere Monster erschlagen und würde trotzdem nicht aufsteigen. Meine Werte mochten steigen, doch solange ich kein Wesen besiegte, das weitaus stärker als ich war, also eine große Tat vollbrachte wie die Helden von ehedem... würde ich niemals wahre Größe erreichen.

»Der Levelaufstieg stärkt Körper und Geist, das Gefäß selbst entwickelt sich. Und der Segen der Götter gewährt nur denen einen höheren Rang, die gewisse Prüfungen überstehen.«

»Aber was ist dann mit den Eigenschaften?«

»Die steigen zwar allmählich, sind aber nichts weiter als der Grundstein, um eine großartige Tat zu vollbringen. Immerhin kann man anhand der Höhe der Werte einschätzen, ob man das Potenzial dazu hat.«

Sie erklärte mir weiterhin, dass man bei den Grundwerten jeweils mindestens ein D erreichen und somit den sechsniedrigsten Rang überwinden müsste, um für einen Aufstieg bereit zu sein.

»Aber wie soll ich gegen Gegner gewinnen, die stärker sind als ich?«

Denn darin offenbarte sich doch gerade ihr Stärkersein: dass sie einen im Kampf besiegten.

»Mit Können und der richtigen Taktik. Es gibt aber auch eine einfachere Lösung: Man tritt ihnen als Gruppe entgegen.«

»Ach ja?«

»Jedes Mitglied hat vielleicht einen niedrigeren Rang als der Gegner, aber gemeinsam kann die Gruppe ihn schaffen. Von jeher bedienen sich die Abenteurer Orarios dieser Strategie, um stärker zu werden.«

Auf diese Weise würden zwar die Excelia unter den Kameraden aufgeteilt, aber immerhin konnte man so überhaupt einen stärkeren Gegner besiegen.

»Herr Cranel, merk dir das: Wenn du wirklich stärker werden möchtest, solltest du dir über kurz oder lang eine Gruppe suchen.«

»Hm, na gut …«

Aber was war mit *ihr*? Sie hatte ganz allein einen mächtigen Ebenenherrscher besiegt und war auf diese Weise aufgestiegen. So hatte sie mich ein weiteres Mal auf meinen Platz verwiesen.

»Vielleicht übertreibe ich es mit dem Bemuttern«, unterbrach Ryu mein Denken. Aber darf ich etwas sagen?«

»Äh, ja. Gerne.«

Anscheinend wollte sie dringend noch etwas loswerden. »Herr Cranel, es gibt so viele Abenteuer wie Abenteurer, und jedes hat seinen eigenen Sinn.«

»Hm?«

»Ich weiß nicht, welches Abenteuer dir bevorsteht, aber du darfst dich nicht davon abwenden. Von seiner Bedeutung.«

Während ich mich noch fragte, was sie damit wohl meinte, sagte sie: »Du bist ein Abenteurer.«

Dieses eine Wort hallte lange in mir nach.

»Was du ersehnst, wirst du wahrscheinlich nur auf diese Weise erreichen können.«

Ich seufzte schwer.

»Aber mach dir nicht zu viele Gedanken. Ich liege mit meinem Gespür auch oft genug daneben.«

Einen winzigen Moment lang glaubte ich, sie lächeln zu sehen. Dann blinzelte ich, und sie wirkte wieder so kühl wie zuvor. Ich rieb mir die Augen. Sie sah mich fragend an, aber ich schüttelte rasch den Kopf. Ach, nichts.

Danach verging einige Zeit, während wir zu Ende abwuschen.

»Nun gut, Herr Cranel. Komm gerne mal wieder hier im Gasthaus vorbei.«

»Mache ich.«

Ryu hatte weiterhin Aufgaben zu erledigen. Sie verabschiedete mich am Eingang der Küche. Ich durchquerte die Hostess of Fertility, trat auf die Terrasse hinaus, auf der tüchtig getrunken wurde, und wollte mich gerade auf den Heimweg begeben, da rief mich plötzlich jemand.

»Bell!«

Ich drehte mich um. »Syr?«

Mit roten Wangen stand sie vor mir. Anscheinend war sie vom Kellnern weggelaufen.

»Ich muss mich wegen heute entschuldigen ... Und wirklich vielen lieben Dank!« Sie verneigte sich tief, wobei der Zopf auf ihrem Hinterkopf mir zuwinkte.

»Ach was. Zuerst hab ich mich zwar beschwert, aber du kümmerst dich ja auch immer gut um mich ...«

Was hätte ich auch sagen sollen, nun, da sie sich so dankbar zeigte? Aber ich hatte ohnehin nicht vorgehabt, ihr deswegen Vorhaltungen zu machen.

»Bell ...«

Den Kopf noch immer gesenkt, schaute sie mit ihren grauen Augen zu mir auf. Sie öffnete den Mund, um etwas zu sagen, schloss ihn jedoch wieder. Verwirrt sah ich sie an.

»Ich bin keine Abenteurerin«, begann sie endlich, »und kann daher vielleicht gar nichts dazu sagen, aber ...«

»Syr?«

»Du musst doch nicht unbedingt auf Abenteuer gehen, oder?«, sagte sie mit schwacher Stimme, den Blick zur Seite gerichtet. Dann lächelte sie verlegen. »Bitte übernimm dich nicht. Mehr will ich gar nicht sagen.«

Verdutzt sah ich sie an.

»Ich will dich aber nicht verunsichern«, sagte sie noch schnell zum Schluss. Ich wusste nicht so recht warum. Vielleicht hatte sie als normale Bürgerin das Gefühl, dass Abenteurer so etwas nicht gern hörten. »Ich rede dummes Zeug … Tut mir leid.«

»Nicht doch …«

»Ich werd dir jedenfalls wieder Mittagessen machen. Bitte nimm es auch weiterhin an.«

Ich lächelte verlegen. Ich wollte ihr sagen, sie müsse sich keine Umstände machen, ahnte aber, was in ihr vorging. Sie hatte Angst, dass ich womöglich eines Tages nicht mehr in der Lage wäre, ihr Essen entgegenzunehmen.

Sie verbeugte sich noch einmal in ihrem Kellnerinnenoutfit, dann ging sie mit einem Lächeln zurück in den Laden.

Aus den Fenstern fiel orangefarbenes Licht, und das Lachen der trinkenden Gäste war zu hören. Ich blieb einfach stehen und schaute zum Himmel auf. Mir war, als stünde ich vor einer Weggabelung: den einen Pfad hatte Ryu mir aufgezeigt; auf den anderen wollten Syr und Eina mich lenken.

Du bist ein Abenteurer.

Wahre Abenteurer gehen Abenteuern aus dem Weg.

Bestand hier nicht ein Widerspruch? Wahrscheinlich. Nein, ganz eindeutig. Unaufhörlich kreisten die Worte der beiden in meinem Kopf, und so stand ich wie angewurzelt an meiner Abzweigung und blickte in den Nachthimmel.

Die Morgendämmerung brach herein. Die ersten Sonnenstrahlen krochen über die Berggipfel, erhellten die Stadtmauer und strahlten Aiz' Profil an.

Es ist schon fast vorbei ...

Das wurde mir bewusst, während unsere Waffen heftig gegeneinanderschlugen. Die Frau mit dem goldblonden Haar griff schonungslos weiter an. Immer wieder traf mich ihre Schwertscheide, aber ich gab mein Bestes, um sie abzuwehren, meine Aufgabe bei diesem Training. Noch immer konnte ich mit den Augen kaum ihren schnellen Bewegungen folgen, aber irgendwie schaffte ich es dennoch immer häufiger, die Angriffe zu blocken. Ich hatte mir schon häufig ihre brillante Verteidigungstechnik angesehen: Man sollte die Waffe des Gegners nicht frontal abprallen lassen, sondern sie seitwärts oder schräg wegschlagen.

Am Ende unseres letzten Trainingstages probierte ich alle Techniken, die ich ausprobieren und mir aneignen wollte, gegen sie aus.

»Hrgh!!«

Ich widerstand dem Impuls, einfach auszuweichen, und wehrte stattdessen mutig ab. Schlag um Schlag ließ ich an meinem Dolch abgleiten, wenngleich ich auch einige Male getroffen wurde.

Und dann, urplötzlich, wehrte ich zum ersten Mal nicht nur ab, sondern ließ direkt einen Konter folgen. Ich sah, wie ihre Augen sich weiteten, als Metall auf Metall prallte. Sie hatte meinen Hieb spielend leicht abgewehrt – aber ich hatte ihn ausgeführt!

Nun stand ich keuchend da, und mein Dolcharm hing schlaff herab. Aiz betrachtete mich schweigend. In dem Moment stieg die Morgensonne ganz über die Berge und tauchte uns in blendendes Licht, und ich glaubte, ich sähe sie lächeln.

»Damit ist es dann wohl vorbei ...«, murmelte sie.

Die Sonne im Osten war unser Zeichen: Das einwöchige Sondertraining war beendet. Still genoss ich den Anblick, und auch

Aiz schien davon gebannt. Dann trafen sich unsere Blicke, und ich verneigte mich tief.

»Ich danke dir für alles.«

Rückblickend war diese Woche unfassbar schnell vergangen. Mir war, als erwachte ich aus einem Traum, an dem ich mich festklammern wollte.

Nach einer Weile richtete ich mich wieder auf. Aiz wirkte so emotionslos wie immer, aber ihr Blick war etwas weicher, ihre Stimme wärmer.

»Ich muss mich auch bedanken. Es hat ... Spaß gemacht.«

Im goldenen Licht der Morgensonne trat die Andeutung eines Lächelns auf ihr ebenmäßiges Gesicht.

Ich hingegen wurde rot – wie schon die ganze Zeit über. Mehrfach machte ich den Mund auf und zu, vergebens. Schließlich senkte ich den Blick.

»Na gut«, sagte sie. »Gib dein Bestes.«

»Jawohl ...«

Nach diesen wenigen Worten kehrte sie mir den Rücken und ging langsam davon. Während ich ihr nachschaute, so in goldenes Licht getaucht, fragte ich mich, ob ich irgendwann zu ihr aufschließen würde. Aus eigener Kraft, wie ich sie soeben gezeigt hatte. Es würde ein weiter Weg sein, so viel wusste ich am Ende dieser Woche. Aber könnte ich es überhaupt jemals schaffen, sie einzuholen?

Allen Zweifeln zum Trotz: Ich musste ihr hinterhereilen. Wenn ich es nicht versuchte, mich gar nicht erst auf den Weg machte, dann würde ich gar nichts erreichen, dann war alles von vornherein hoffnungslos. Wollte ich irgendwann neben ihr stehen, so musste ich den Abstand Stück für Stück verringern, musste meinen Arm zu ihr emporrecken, zu jenen Höhen hinstreben, die sie erklommen hatte. Und das würde ich auch tun – das schwor ich im Morgenlicht, auch wenn ich mich jetzt noch ein wenig unsicher fühlte.

Sie hatte sich schon ein ganzes Stück entfernt, da wandte auch ich mich um und ging in die entgegengesetzte Richtung davon.

Eina legte die Berichte auf ihrem Schreibtisch zusammen und atmete tief durch. Ringsum wurden nach und nach die Kollegen mit der Arbeit fertig und gingen nach Hause. Der Wanduhr zufolge war es schon acht. Nur die wenigen Mitarbeiter, die Überstunden schoben, waren noch da. Das Büro wirkte leer. Eina fragte sich gerade, ob sie sich etwas zu trinken holen sollte, da hörte sie aus einem anderen Zimmer eine Kollegin und Freundin rufen.

»Buwäääh, Eina! Hilf mir! Damit werde ich bis morgen niemals fertig!!«

Eina seufzte. »Du bist selbst schuld, Misha. Warum fängst du auch erst heute damit an?«

Auf dem Schreibtisch der Kollegin mit dem kindlichen Gesicht hatte sich ein ganzer Turm aus Schriftstücken angehäuft. Die Gesuche von den Göttern unterschiedlicher Familias hatten sich dort angesammelt, weil sie bei ihrer eigenen Arbeit nachlässig gewesen war.

»Warum sind gerade so viele aufgestiegen?!«, schimpfte Misha. »Gibt's 'nen Rangaufstiegsboom oder so was? Das ist echt gemein! Bestimmt ist das eine Verschwörung!!«

»Sag so was nicht«, tadelte Eina sie. »Immerhin haben die Abenteurer Blut und Wasser dafür geschwitzt. Und hättest du das nach und nach bearbeitet, wäre es jetzt auch nicht so ein großer Stapel, stimmt's?«

»Du hast ja recht, und ich bereue es auch aufrichtig … Hilfst du mir, Eina?!«

»Nein«, sagte sie und wandte sich zum Gehen.

»Du bist herzlos!«, rief Misha ihr noch nach.

Eina beschloss, ihrer Kollegin später einen Kaffee zu bringen. Doch vorerst setzte sie sich wieder an ihren eigenen Tisch. Sie spürte die Anstrengung der Arbeit in den Knochen. Mit aufgestützten Ellenbogen, das Kinn in den Händen, saß sie da und schaute auf den Bogen Papier hinunter, den sie gerade beschrieben hatte.

»Bittschrift« stand oben drauf. Es handelte sich um einen Antrag, die Soma-Familia zu einer besseren Kontrolle ihrer Aktivitäten zu zwingen. Sie hatte ihn aufgesetzt, nachdem sie Lokis und Bells Berichte gehört hatte.

Eigentlich war es nicht Einas Ziel, dass die Soma-Familia bestraft wurde, und natürlich hatte sie auch nicht vor, sich in die Verwaltung einzelner Familias einzumischen. Wenn jemand aus offizieller Sicht eine Strafe verdient hatte, dann war es wohl eher Lili, denn sie war nach Bells Aussage einfach durchgebrannt. Gut, es mochte mildernde Umstände geben, aber strafbar gemacht hatte sie sich dennoch. Eina war jedoch nicht die Göttin der Gerechtigkeit und hielt weder Schwert noch Waagschale in der Hand. Es war nicht ihre Aufgabe, solche Verstöße zu ahnden.

Allerdings würde sie niemals zögern, sich einzumischen, wenn sie eine Möglichkeit sah, die Lage für Abenteurer und Supporter zu verbessern. Sie begaben sich tagtäglich in den Dungeon und brachten sich in Gefahr. Eina wünschte sich nichts mehr, als dass sie heil heimkehrten. Deswegen schimpfte sie auch so häufig mit ihnen.

Aber was, wenn mir vorgeworfen wird, dass ich mich auf die Seite einer Familia geschlagen hätte? Dagegen könnte ich nichts sagen ...

Eina war sich im Klaren, dass in diesem gewissermaßen geheimen Dokument viel von ihrer eigenen Meinung steckte. Bei der Familia, der sie half, handelte es sich ... um Bell. Um ihm zu helfen, hatte sie Kontakt mit der Loki-Familia aufgenommen und vorsätzlich der Soma-Familia eine Falle gestellt.

Offiziell sollte die Gilde eigentlich eine neutrale Position einnehmen. Hier ging es jedoch um weit mehr, als sich einfach nur Bells Sorgen anzuhören und ihm Ratschläge zu geben. Was sie vorhatte, war Amtsmissbrauch. Im Prinzip hatte sie damit als Gildenangestellte versagt. Jedoch ...

Ich konnte doch nicht einfach darüber hinwegsehen!

Ja, vielleicht hatte sie sich unpassend verhalten für eine Gildenangestellte. Aber sie wollte sich selbst, Eina Tulle, treu bleiben. Vielleicht war das auch nur eine Ausrede, aber so sah ihre Entscheidung nun einmal aus. Schließlich floss durch ihre Adern das gleiche edle Blut wie durch Riverias. Sie war nur eine Halbelfin, aber dennoch stolz genug, um das Richtige tun zu wollen.

Und sollte ich entlassen werden – kann ich ja immer noch bei der Hestia-Familia anfangen.

Die Familia müsste schließlich die Verantwortung für das alles übernehmen. Sie schnaubte, dass ihre hellbraunen Strähnen hüpften. Es mischte sich jedoch auch ein wenig Bitterkeit in ihre Belustigung.

»Warum grinst du so?«, fragte Misha.

»Ich grinse nicht. Red keinen Quatsch!«

»Meinetwegen. Aber sag doch mal: Ist irgendwas vorgefallen? Jetzt bin ich neugierig.«

»Eigentlich nicht ... Ich hab nur über einen Berufswechsel nachgedacht.«

»Berufswechsel? Hör auf!«, schrie Misha. »Ausgerechnet du willst bei der Gilde kündigen?!«

Plötzlich ging ein Poltern durch den Raum: Mehrere Mitarbeiter waren aufgesprungen – ausschließlich Männer –, und alle hatten sie die Blicke auf Eina geheftet.

»N... Natürlich nicht«, dementierte sie eilig. »Ich meinte nur, falls ich mal von der Gilde gefeuert werde oder so. Kündigen werde ich bestimmt nicht.«

»Mach mir doch nicht solche Angst ... Die Gilde würde dich doch niemals feuern, Eina!«

Die Männer, die aufgesprungen waren, setzten sich mit einem erleichterten »Puh« wieder hin.

Auf die Worte ihrer Freundin lächelte Eina verlegen. Aber es konnte durchaus passieren, dass man ihr kündigte, das wusste sie. Wenigstens würde die Leitung von den Problemen bei der Soma-Familia erfahren, wenn ihr Bericht dort einging. Die Familia an sich war wohl schwer zu belangen, aber die Lage war weniger eindeutig, was die Abenteurer und Supporter mit ihren Machenschaften betraf. Bells Aussage zufolge könnten Stadtbewohner Vorfälle melden, und das würde dann höchstwahrscheinlich Strafen nach sich ziehen. Schlug die Familia alle Warnungen in den Wind, konnte es schlimmstenfalls so weit kommen, dass sie aus Orario verbannt wurde, was ihr Fortbestehen gefährden würde. Selbst Soma, der eigentlich nur an seinen Hobbys interessiert war, würde die Ausrichtung seiner Verwaltung überdenken müssen.

Und Fräulein Arde scheint ja eigentlich keine schlechte Pallum zu sein ...

Die alten Eheleute mit dem Blumenladen, die in die Streitigkeiten zwischen Lili und ihrer Familia mit hineingezogen worden waren, hatten Eina erzählt, dass sie vor dem Laden regelmäßig Geld fanden, seit sie Lili hinausgeworfen hatten. Das war auch der Grund gewesen, aus dem sie bei der Gilde keinen Schaden gemeldet hatten. Sie hatten Eina gebeten, stellvertretend das Mädchen um Verzeihung zu bitten, aber das hatte sie abgelehnt. So eine Entschuldigung sollte persönlich vorgebracht werden.

Blut und Wasser ...

Eina musste an die Worte zurückdenken, die sie kurz zuvor selbst ausgesprochen hatte. Sie starrte zur Decke hoch, als würde sie in weite Ferne blicken.

Aber wenn Abenteurer auf anderen herumtrampelten, wer schwitzte dann das Blut und das Wasser?

Gar nicht so einfach, das Ganze. Eina wünschte sich, dass Abenteurer sicher heimkehrten, und wollte sie dabei unterstützen. Wenn manche von ihnen an diesem Wunsch rüttelten, konnte sie nicht einfach wegsehen. Widersprüchliche und komplizierte Gefühle kamen in ihr auf. Manchmal kam ihr ihre eigene Arbeit leer und sinnlos vor. Als stünde sie auf unsicherem Grund, und es könnte ihr jederzeit der Boden unter den Füßen wegbrechen. Sie wusste, dass sie sich zu viele Gedanken machte, aber sie fühlte sich so hilflos und konnte nichts dagegen tun.

»Tulle ...«

»Äh, ja?«

Sie hob den Blick. Ein Kollege, dessen Schreibtisch in der Nähe des Tresens stand, hatte sie aus ihren Gedanken aufgeschreckt. Er zeigte mit dem Finger auf den Eingang der Lobby. Eina sah dorthin und sah Bell: Er musste gerade aus dem Dungeon zurückgekehrt sein und schaute nun im Gildenhauptquartier vorbei.

»Danke.«

Eina verbeugte sich kurz. Dann erhob sie sich, setzte eine gleichmütige Miene auf und lief zu ihm in die Lobby hinaus.

Solche Abenteurer gibt es auch, die jedes Mal ihr Bestes geben.

Als Bell sie sah, trat ein strahlendes Lächeln auf sein Gesicht. Sie lächelte zurück und winkte. Ach, sie mochte Abenteurer doch. Die meisten waren zwar wilde Raufbolde, aber sie machten sich keine Gedanken um Kleinigkeiten, und es war einfach schön, ihnen zuzuschauen. Ja, manche ließen ihre Supporter im Stich, aber es gab auch andere, die ebendiese Supporter retteten – und die gehörten ebenso zu den Abenteurern.

Eina würde sich jederzeit für sie aufopfern, auch wenn es ihr manchmal Kummer bereitete oder sie Gefahr lief, deswegen gefeuert zu werden. Und als sie nun in das Gesicht dieses unerfahrenen Abenteurers blickte, wurde ihr wieder einmal bewusst: Nein, sie wollte keinen dieser Abenteurer sterben sehen.

Man sagt doch, die Guten sterben früh und Unkraut vergeht nicht …

Aber sie wollte das nicht hinnehmen und würde es auch nicht. Das war doch ohnehin alles nur Aberglaube. Sie würde einfach weiterhin ihr Möglichstes tun, damit so wenige wie möglich starben. Dies war die Labyrinthstadt Orario, die launischste Stadt der Welt. Selbst die Götter konnten nicht vorhersehen, was hier geschehen würde.

»Canoe?! H… Hilfe!!«

Canoe stand reglos da, erstarrt beim Anblick des vielen Blutes.

»Mruuuuuuuh!«

Ein riesiger Bulle, über zwei Medol groß, riss sein Maul weit auf und brüllte die hohe Dungeondecke an. Sein Fell war von oben bis unten rot bespritzt.

»Mruoooooooooooooh!!«

Das Brüllen war ohrenbetäubend, und Canoe wäre fast auf den Hintern gefallen. Von der massigen, mordenden Bestie ging eine enorme Bedrohung aus. Es handelte sich um einen Minotaurus. Bisher hatte Canoe nur den Namen dieses Monsters gekannt, doch nun stand wahrhaftig einer vor ihm und zerteilte mit einem Langschwert seine Kameraden.

Alles hatte damit begonnen, dass er mit seiner Gruppe eine Kammer betrat und geradewegs in ein heftiges Gefecht hineinstolperte zwischen einem hünenhaften Tiermenschen und einer Gruppe Amazonen. Normalerweise kam es auf den höheren Ebenen nicht zu Kämpfen zwischen derart mächtigen Abenteurern.

Fassungslos sahen Canoe und seine Leute zu, wie der Hüne attackiert wurde – offensichtlich ein gezielter Überfall. Doch dann sah Canoe das Emblem auf der Rüstung des Tiermenschen – das Profil einer goldumkränzten Kriegerin –, und begriff, dass es sich hierbei um einen Streit zwischen zwei Familias handelte. Der Tiermensch gehörte offensichtlich zur Freya-Familia – und die hatte Feinde, denn viele Göttinnen waren neidisch auf Freyas Schönheit. Freya selbst schien das eher amüsant zu finden, doch es kam häufig vor, dass ihre Anhänger aus ebendiesem Grund angegriffen wurden, wenn sie allein durch den Dungeon zogen.

Was Canoe und seine Kameraden nicht wussten: Seit ungefähr einer Woche kursierten Gerüchte, dass Ottar allein auf Ebene 17 herumstrich. Dieser Überfall war also geplant gewesen.

Canoe schluckte, weil das Niveau dieses Gefechts so weit über seinen eigenen Fähigkeiten lag. Doch dann bemerkte er etwas: Der Tiermensch beschützte bei seinem verzweifelten Kampf ein riesiges Gepäckstück.

Dies war eine einmalige Gelegenheit!

Canoe und seine Kameraden machten einen Umweg durchs Labyrinth, um hinter den Tiermenschen zu gelangen, und in einem günstigen Moment schnappten sie sich das Gepäckstück. Ottar brüllte sie an, dass es ihnen kalt den Rücken herunterlief, aber mehr passierte nicht, denn er wurde von seinen Gegnern in Schach gehalten.

Canoe und seine Gefährten flohen durch den Dungeon – sie mussten so weit weg wie nur möglich. Das Gepäckstück war jedoch so gewaltig, dass sie damit nicht schnell vorwärts kamen. Ganz sicher handelte es sich um die Beute eines hochrangigen Abenteurers. Canoe konnte sich kaum ausmalen, wie viel sie eventuell wert sein könnte. Vor einigen Tagen hatte er schon jener Pallum, die zuvor seiner Familia angehört hatte, einiges abgenommen. So war er auch zu seinem Magieschwert gekommen. Zweifellos hatte er momentan eine Glückssträhne.

Und dann geschah es.

Als sie ausreichend Abstand hergestellt hatten, hielten er und seine Kameraden es nicht mehr aus. Sie nahmen das Gepäckstück genauer in Augenschein: Es war ein gefesselter Minotaurus.

Ohne Ausnahme konnte plötzlich keiner der Anwesenden mehr einen klaren Gedanken fassen. Und im nächsten Moment färbte sich alles rot.

Ein Horn des Minotaurus war abgebrochen, und er schnaufte wild durch die Nase. Plötzlich sprengte er seine Ketten, und eine

Sekunde später zerquetschte er einen von Canoes Kameraden wie eine Frucht.

Und dann stieß er ein Brüllen aus, als wollte er das Ende der Welt einläuten.

»A... Aaaaaaaaaaah!«

Nachdem Canoes Gefährte, ein Mensch, mitangesehen hatte, wie seine Kameraden erbarmungslos hingemetzelt wurden, ergriff er kreischend die Flucht.

Das Gras zu Canoes Füßen war rotgefärbt. Aus einem seiner zerfetzten Kameraden schoss Blut und spritzte gegen die Wand. Es stank nach Tod. Und Canoe war der letzte verbliebene Zeuge dieses grässlichen Schauspiels.

Der andere Abenteurer hatte in seiner Panik nicht mehr klar denken können und war in eine Ecke des Raums geflüchtet. Der Minotaurus ging ihm gelassen hinterher und hob sein Langschwert, das mit ihm zusammen verschnürt gewesen war. Das Monster, ja die ganze Situation, kam Canoe unwirklich vor.

»H... Hier geht's nicht weiter!!«

»Grrrrrrrrrrrr!«

»Uwaaaaaaaah!!«

Sein Kamerad gab ein erbärmliches Schauspiel zum Besten, aber Canoe konnte nicht darüber lachen. Er stand wie angewurzelt da, wurde immer blasser und starrte gebannt den schnaubenden Minotaurus an.

»Warum?!«, schrie der Kamerad, den Rücken an die Wand gepresst. »Warum bist du überhaupt hiiiiiiier?!«

Die Schultern des Minotaurus hoben und senkten sich, während er auf den schmalen, drahtigen Abenteurer hinunterstarrte. Der Boden knirschte unter seinen Füßen, als er verzweifelt

versuchte, sich rückwärts durch die Wand zu pressen, alle Muskeln zum Zerreißen gespannt – aber er befand sich längst auf dem Richtblock. Ein schwarzer Schatten fiel auf ihn, und Verzweiflung breitete sich auf seinem Gesicht aus, als das Ungeheuer sein Schwert emporhob. Die unartikulierten Schreie des Mannes hallten von den Wänden wider.

»Mruuuuuuuuuuuumpf!«

Dann fuhr das Schwert herab, ein Schmatzlaut war zu hören, und Canoe sah über dem Kopf des Minotaurus eine rote Fontäne in die Höhe schießen.

»Ah ...«

Er streckte sich, konnte jedoch von seiner Position aus seinen Kameraden nicht sehen. Das Blut und die Fleischklumpen auf dem Boden und an den Wänden verrieten ihm allerdings mehr, als er wissen wollte.

Er stand einfach nur da, vergaß sogar, sich zu verstecken. Ein trockenes Husten entrang sich seiner Brust.

»Muh?«

Der Minotaurus hatte ihn gehört. Langsam drehte er sich zu Canoe um. Jetzt starrte das Ungeheuer ihn an. Er versteifte sich, als hätte ihm jemand einen Pflock ins Herz getrieben. Er keuchte.

»Mruoooooooooooooooooooooh!«

Weglaufen.

Er wirbelte herum und stieß sich mit aller Kraft ab. Während das wilde Brüllen noch nicht verhallt war, rannte Canoe davon, so schnell er konnte. Hinter ihm knallten die Hufe der Bestie wie Hammerschläge. Die Augen quollen ihm vor Angst aus den Höhlen. Der Tod war ihm auf den Fersen und näherte sich mit rasender Geschwindigkeit.

D… Das darf nicht wahr sein!

Er konnte kaum atmen. Seine Zunge war trocken. In seinem Kopf herrschte Chaos. Es kam ihm vor, als kochte sein Gehirn. Heiß, ihm war so unfassbar heiß. Er schwitzte wie verrückt.

Er vergaß sich komplett und rannte blindlings den Gang hinunter. Mehrere Male geriet er ins Stolpern, hielt sich aber auf den Beinen und rannte weiter.

Es war gerade tief in der Nacht, darum begegnete er keinen anderen Abenteurern. Der verlassene Dungeon erschien ihm wie ein unentrinnbares Labyrinth. Wie weit er auch rannte, er würde niemals den Ausgang finden.

Nicht umdrehen. Bloß nicht umdrehen!

Er rannte und rannte, aber das Bullenmonster klebte ihm an den Fersen. Eigentlich war der Minotaurus dafür bekannt, blindwütig draufloszustürmen, doch auf dieses Exemplar traf das überhaupt nicht zu. Canoe hatte es hier mit einem gerissenen Jäger zu tun – als hätte das Wesen im Tausch gegen das abgeschlagene Horn Intelligenz erlangt. Unermüdlich blieb er hinter ihm, das Langschwert erhoben.

»Hah. Hah. Haaah!!«

Canoe war außer Puste, und das Monster kam immer näher. Unvermittelt bog er in einen Gang ein. Er musste die Route ändern, einfach weiter, bloß fort von hier, dem Entsetzen davonlaufen. Voller Todesangst rannte er weiter, ohne zu wissen, wohin der Weg ihn führte, und ehe er sich's versah, war er in einer Sackgasse gelandet.

»Nein!!«

Fast fielen ihm die Augen aus dem Kopf, als er vor sich plötzlich eine Wand auftauchen sah. Zitternd fuhr er herum.

Die donnernden Schritte waren verklungen. Einen Moment lang war es unheimlich still.

Im nächsten Moment streckte der einhörnige Minotaurus seinen Kopf um die Ecke.

»Aaaaaaaaaaaaah!!«

Ein gellender Schrei entfuhr ihm. Überschritt man einen gewissen Punkt, war Panik unausweichlich. Knirschend schloss sich die Pranke des Minotaurus um den Griff seines Schwerts, als er ganz hinter der Ecke hervortrat. Bei dem gewaltigen Monster wirkte die große Waffe wie ein kleines Einhandschwert.

Ein bestialisches Schnauben drang aus seinem Maul, und es sah ihn aus blutunterlaufenen Augen an. Seine blutfleckige Mordwaffe gierte nach dem nächsten Opfer.

»K... Komm nicht näher!«

Canoe zückte sein rotes Magieschwert und richtete es auf das herannahende Monster.

»Hrnnngh!«

»Weg! Verschwinde! Hau aaaaab!!«

Feuerbäll schossen aus dem Schwert und trafen den Minotaurus. Immer wieder schwang Canoe die Klinge wild herum und aktivierte ihren niedrigstufigen Zauber. Explosionen ließen den Gang erzittern, aus dem es kein Entrinnen mehr gab.

Der Minotaurus fuchtelte gereizt mit seinen muskulösen Armen herum. In Canoe schien irgendetwas zu brechen – und dann zersprang auch die rote Klinge klirrend in tausend Stücke: Er hatte sie zu oft aufblitzen lassen..

»Aber ... Aaaaaaaaaaah!!«

Canoe stieß einen Entsetzensschrei aus und blickte mit weit aufgerissenen Augen auf den Scherbenhaufen hinunter. Sein Magieschwert war aufgebraucht und hatte sich von allein zerlegt. Ganz am Ende hatte seine eigene Waffe ihn verraten.

»Hfff. Hfff!«

»H… Hiiilfe!!«

Das Monster hatte alle Funken abgeschüttelt. Es war nun ganz nah, und seine Augen glühten vor Zorn. Schließlich spannten sich die Muskeln des massiven Oberarms, und das Schwert raste in die Höhe.

»N… Nein … Neeeeeeeeeeeeei…«

Er spürte noch einen scharfen Schmerz, als sein Gesicht gespalten wurde, dann nichts mehr.

Mit einem Knacken brach der Henkel des weißen Keramikbechers ab.

Verwirrt schaute Hestia ihm nach, während er über den Tisch davonrollte. Er war wie von selbst abgefallen. Der Becher selbst war noch ganz, abgesehen von ein paar kleinen Scherben, die um die Bruchstelle verstreut lagen.

Sie schwieg eine Weile, dann hob sie den Blick und schaute zu Bell hinüber, der aufgeregt in der Küche herumlief. Seit Abschluss des Trainings mit Aiz sprühte er vor Elan. Heute würde er besonders früh in den Dungeon aufbrechen und war daher unruhiger als sonst.

Hestia schaute zwischen dem Becher und Bell hin und her, der schon Hose und Gambeson trug – nur seine Rüstung fehlte noch. Irgendwie hatte sie ein ungutes Gefühl, hätte jedoch nicht in Worte fassen können warum.

»Na gut, Göttin«, rief er. »Ich hab den Großteil schon aufgeräumt. Stell aber bitte noch die Magiestein-Feuerstelle aus!«

»Ach … Bell!«

Er hatte sich den Rucksack mit der leichten Rüstung übergeworfen und war im Begriff zu gehen. Nun blieb er noch einmal stehen und schaute sie verwundert an.

Hestia fehlten die Worte. Sie konnte doch nicht sagen: *Ich habe ein ungutes Gefühl, daher solltest du heute lieber nicht losgehen.* Sie wunderte sich ja selbst über ihre merkwürdige Vorahnung. Aber sie konnte dieses Kribbeln in der Brust einfach nicht ignorieren. Noch einmal sah sie den Becher an: Ihr war, als hätte er ihr eine düstere Botschaft überbracht.

»A... Ach, komm doch noch mal zurück. Ich muss mal wieder deinen Status aktualisieren, oder? Das letzte Mal ist schon eine Weile her.«

»Ähm ...«

»Was denn? Das ist doch schnell erledigt. Mach dir wegen der Zeit keine Sorgen. In Ordnung? Ja?«

Hestia wirkte selbst unsicher. Aber weil sie so darauf drängte, senkte Bell schließlich den Blick und nahm mit einem Lächeln den Vorschlag an.

Hestia ließ erst einmal von dem kaputten Becher ab und kümmerte sich um Bells Status.

»Hmmm. Sag mal, läuft es denn gut mit dieser Supporterin?«

»Göttin ... Warum fragst du mich das ständig?«

»M... Mache ich das?«

Sie hatte lediglich nach einem Gesprächsthema gesucht, weil sie sich schweigend nicht konzentrieren konnte. Aber er hatte recht. Nach allem, was passiert war, machte sie sich natürlich Sorgen, wenn die beiden allein im Dungeon unterwegs waren. Darum hatte sie tatsächlich wiederholt dieselbe Frage gestellt. Sie errötete und räusperte sich übertrieben laut.

Sie saß über Bell und stach sich mit einer Nadel, damit ein wenig des göttlichen Blutes namens Ichor austrat. Dann fuhr sie ihm mit dem Finger über den Rücken, um die Hieroglyphen zu verändern.

»Eine Woche lief das Training, oder?«, fragte sie. »Beeindruckend, dass du das durchgehalten hast gegen die Prinzessin der Klingen. Hoffentlich ist nicht nur deine Ausdauer gestiegen. Wenn sich bei den anderen Eigenschaften nichts getan hat, haben wir ein Problem.«

»Ha … Ha ha ha.«

Bells gekünsteltes Lachen ging ihr ein wenig auf die Nerven. Wie erwartet verschlechterte sich ihre Laune zunehmend, je weiter die Aktualisierung voranschritt. Der Grund dafür war natürlich sein Skill namens Realis Phrase, der sein Wachstum gewaltig beschleunigte. Nein, sie war ganz und gar nicht amüsiert.

Dann stellte sie eine Frage, die sie schon seit einigen Tagen beschäftigte: »Bell, tut mir leid, wenn ich mich wiederhole, aber hast du mit dieser Prinzessin der Klingen … irgendetwas Unzüchtiges angestellt? Auf ihrem Schoß geschlafen oder so?«

»Hrghs!« Bell, der auf dem Bauch lag, musste husten und bekam rote Ohren.

Verdammtes Wallenschwein!

Hestia knirschte mit den Zähnen. Irgendwann hatte Bells Status durch einen gewissen Vorfall einen gewaltigen Sprung gemacht. Wann war das noch mal gewesen? So wie der Junge reagierte, war es jedenfalls nicht bei einem Nickerchen auf den Oberschenkeln seiner Ausbilderin geblieben – er hatte doch ganz bestimmt was angestellt!

Verflucht noch mal! In ihr loderte das Feuer der Eifersucht heftig auf.

»Ä… Ähm, Göttin … Kann der Status sich eigentlich auch weiterentwickeln, wenn man nicht gegen Monster kämpft? Zum Beispiel durch so ein Sondertraining?!«

Er wollte sicher nur ablenken. Aber das kümmerte Hestia nicht weiter. Schließlich war sie eine Göttin und somit eine Erwachsene. Sie war großherzig genug, um über so etwas hinwegzugehen.

Ganz aus Versehen rutschte sie ab. Ein Stechen. Bell schluchzte schmerzhaft auf, was sie nicht weiter beachtete. Stattdessen begann sie zu erklären.

»Ja, man kann auch durch so etwas stärker werden. Ob es echte Kämpfe sind oder ein Training, spielt keine Rolle. Das Entscheidende sind die Excelia, die ihr dabei sammelt. Es darf nicht bloß ein Spiel oder Arbeit sein, dann würde es nicht mit Excelia belohnt werden. Wenn man sich aber mit Leib und Seele einem solchen Training widmet, erhält man dafür durchaus Excelia.«

»Aber dann …«

»Es hängt davon ab, ob du dir etwas angeeignet hast oder nicht. Hat das Training Spuren hinterlassen, dann kann ich sie mit meiner Hand auch zu Tage fördern.«

Im Grunde ging es bei ihm vor allem darum, ob jener Skill aktiviert worden war oder nicht, aber diese Einzelheit verriet sie ihm nicht. Wozu auch? So war es für Bell schließlich viel einfacher zu verstehen.

Als sie mit ihrer Arbeit fertig war, schaute sie sich den Status noch einmal komplett an – und ihre Mundwinkel begannen zu zittern.

»Oje … Göttin, es tut mir leid, aber ich muss wirklich los!«, sagte Bell nach einem Blick auf die Uhr. Geschickt schlüpfte er unter Hestia hervor, setzte sich den Rucksack auf und lief zur Tür.

»B… Bell, halt!«, rief sie. »Dein Status …«

»Entschuldige, aber ich höre es mir an, wenn ich zurück bin. Ich geh dann mal!«

Eilig verließ Bell das Zimmer.

Er hatte sie allein gelassen. Hestia ließ den ausgestreckten Arm sinken und seufzte. Sie schaute zwischen dem kaputten Becher auf dem Tisch und der Stelle hin und her, an der Bell gerade noch gelegen hatte, und rief sich seinen Status noch einmal ins Gedächtnis.

Bell Cranel

Level 1

Stärke: S 982

Ausdauer: S 900

Geschicklichkeit: S 988

Beweglichkeit: S+ 1049

Zauberkraft: B 751

»Wie bitte? S+?«

Hestia hielt sich den Kopf und bewegte ihn langsam hin und her.

Soeben stieg im Osten Orarios die Sonne über die Bergkette. Dieses Zimmer des Anwesens lag so weit oben, dass man von hier aus selbst über die hohe Stadtmauer hinwegsehen konnte. Aiz stand am Fenster und blickte aus zusammengekniffenen Augen in die Ferne. Ihr Haar leuchtete golden im Morgenlicht.

Sie band sich ihren Säbel um – ihre einzige Waffe –, und befestigte mit einem Klacken ihre Armschiene an ihrem Waffenarm. Ruhig blickte sie in den Spiegel und sah sich selbst in voller Montur. Im hellen Licht strahlten ihre blaue Rüstung, der silberne Brustpanzer und die Hüftplatten. Jene wilde Kämpferin, bekannt als Prinzessin der Klingen , blickte ihr entgegen.

»He, Aiz, bist du bald fertig?«, rief Bete durch die Tür. »Wie lange brauchst du denn, um dich vorzubereiten?«

»Ich ... komme schon«, antwortete sie und wandte den Blick von ihrem Spiegelbild ab.

Seit Aiz' Levelaufstieg waren jetzt schon zwölf Tage vergangen. Der langersehnte Tag der großen Dungeonerkundung war gekommen. Heute würden die Mitglieder der Loki-Familia gemeinsam neues Gebiet auf der Tiefebene erschließen. Aiz war unfassbar stark geworden und sollte viel weiter vorrücken können, wofür sie jedoch die passende Ausrüstung brauchte.

»Aiz, komm schnell!«, rief eine Frauenstimme. »Wir wollen mal sehen, wer von uns mehr Monster besiegt!«

»Halt die Klappe, Tiona«, rief Bete. »Was machst du überhaupt hier?«

»Das sollte ich eher dich fragen. So ein Underdog wie du wird doch später eh mit eingezogenem Schwanz weglaufen – du Verlierer!«

»Ich bin kein Hund, sondern ein Wolf! Außerdem bin ich ganz sicher kein Verlierer!«

»Bist du nicht neulich erst abgeblitzt? ›Ich habe kein Interesse an Underdogs.‹ Ha ha!«

»Uaaaaaaaaaargh!!«

Hinter der Tür war es laut geworden. Aiz war das gewöhnt und beachtete die beiden nicht weiter. Ein letztes Mal schaute sie sich genau an.

Plötzlich drangen schwere Glockenschläge an ihr Ohr. Sie kamen vom Turm im Osten.

Ich spürte ein Kribbeln und fasste mir ins Genick.

»Meister Bell?«

Hier auf der weitläufigen neunten Ebene hatten die Wände die Farbe von Holz, und der Boden war mit niedrigem Gras bewachsen. Verwundert blickte ich mich um. Lili neben mir schaute fragend zu mir auf, aber ich konnte mir mein seltsames Gefühl selbst nicht erklären.

»Beschäftigt dich irgendwas?«, fragte sie.

»Nein ... Ich weiß nicht, wie ich es sagen soll.«

Wurden wir beobachtet? Ich glaubte, Blicke auf mir zu spüren, auch wenn ich nirgendwo Augen sah. Ich witterte keine Feindseligkeit, keinen bösen Willen ... Aber mich beschlich eine gewisse Nervosität.

Heute wollten wir endlich Ebene 10 überwinden und waren daher besonders früh aufgebrochen. Noch waren wenige Abenteurer unterwegs. Eigentlich waren wir bisher nur einem einzigen begegnet: einem besonders beeindruckenden Tiermenschen. Ich konnte mir nicht vorstellen, dass wir verfolgt wurden, aber irgendwie konnte ich mich des Gefühls nicht erwehren.

»Lili, wollen wir jetzt die Ausrüstung tauschen?«

»Äh ... In Ordnung.«

Lili merkte mir wohl an, dass ich außergewöhnlich aufgeregt war, und gab mir schnell den Armschutz und den Baselard. Ich holte die leichte Rüstung aus meinem Rucksack und legte sie an.

Mit meiner gewohnten Ausstattung fühlte ich mich schon etwas sicherer ... Und dennoch wurde ich meine Beklommenheit nicht los.

»Ist das nicht komisch?«, fragte ich.

»Was denn?«

»Es gibt hier viel zu wenige Monster«, sprach ich schließlich aus, was mich unbewusst schon einige Zeit beschäftigte.

»Stimmt ...«

Lili drehte sich um und blickte in die Richtung, aus der wir gekommen waren. Schon seit wir Ebene 9 betreten hatten, war es seltsam still. Jetzt hatten wir beinahe Ebene 10 erreicht und waren noch immer keinem Monster begegnet. Aus der Ferne hatten wir ein paar Goblins erspäht, doch die waren aus irgendwelchen Gründen weggelaufen.

Warum wohl? Ich hab ein ganz mulmiges Gefühl ...

Vor Nervosität verkrampfte sich mein Magen. In mir kam etwas hoch, an das ich mich lieber nicht erinnert hätte. Genau: Auch damals war es im Dungeon so unnatürlich ruhig gewesen.

Ich schüttelte den Kopf.

»M... Meister Bell?«

»Gehen wir ... auf Ebene 10«, presste ich hervor.

Was in mir vorging, sprach ich lieber nicht aus – es war zu erbärmlich. Ich wollte nämlich nur eins: weg von hier, und zwar so schnell wie möglich. Aber ich wehrte mich gegen den Impuls und ging weiter.

Und dann, zwischen zwei Räumen, auf dem Weg zur zehnten Ebene, passierte es plötzlich.

Na, dann zeig mir mal, was du kannst!

Was war das? Ich hatte auf einmal eine bezaubernde Stimme gehört – in meinen Kopf! Ich riss die Augen auf.

Und im nächsten Moment ...

»Mruuuoh!«

Ich erstarrte.

»W... Was war das gerade?«

Lili hatte irgendetwas gesagt, aber es drang nicht zu mir durch. Hinter mir hatte ich etwas gehört, etwas ganz Spezielles, und es erschütterte mich bis ins Mark. Es ließ mich an jenes Brüllen denken, das sich mir so tief eingebrannt hatte.

Langsam drehte ich mich um, schwergängig wie ein schlecht geöltes Gerät. Das Geräusch war aus der Richtung gekommen, aus der wir hierher gelangt waren. Dort im Gang war etwas.

Ich stellte fest, dass ich keuchend atmete. Meine Finger zitterten und fühlten sich kraftlos an. *Das kann nicht sein!*, heulte eine Stimme in meinem Kopf, trotzig wie die eines Kindes, das etwas nicht einsehen wollte.

Lili schluckte und schaute konzentriert in den Gang, während ich verzweifelt ein Gebet murmelte.

Und dann ...

»Mruuuh ...«

... erschien er.

»Aber ...«, begann Lili.

Ich hingegen konnte nur starren. Meine schlimmste Angst hatte sich bewahrheitet. Nein, diese Brüllen hätte ich nie im Leben vergessen können. Immer wieder hatte ich es in meinen Träumen gehört. Alle anderen Monster hatte ich daran gemessen. Unzählige Male hatte ich beim bloßen Gedanken daran vor Grauen geschlottert.

»Oooooooooooooooh ...«

Es war ein Minotaurus.

»W... Was macht ein Minotaurus auf Ebene 9?«, rief Lili.

Das fragte ich mich ebenfalls. Aber für mich war das hier nichts Neues. Ich hatte die Absurdität dieser Begegnung schon einmal empfunden, die Verzweiflung, das Entsetzen. Alles war wieder genau wie damals.

»Mruuuooooooooooooooooooooooooooooooooooooooh!!«, brüllte der wilde Bulle.

Ein Gefühl des Überwältigtseins brach über mich herein. Man brauchte schon einen ungeheuren Kampfeswillen, um bei diesem Gebrüll nicht zu verzagen. Die blanke Furcht packte Lili und mich.

Dann machte der Minotaurus einen Schritt nach vorn und hob sein blutbeflecktes silbernes Schwert.

»W... Wir müssen weglaufen, Meister Bell! Für den sind wir zu schwach! Wir müssen ... Meister Bell?«

Ich konnte den Blick nicht abwenden. Meine Beine gehorchten meinen Befehlen nicht. Ich war völlig gelähmt unter dem Starren dieses dunkelroten Monstrums, nahe daran aufzugeben. Als ich klein war, hatte mein Großvater oft Küchlein mit einem Heldenmotiv gebacken. Jetzt war ich genauso bewegungslos wie jene Gestalten.

»Meister Bell? Meister Bell!!«

Ich hab Angst. Ich hab Angst. Angst, Angst, unfassbare Angst. Fürchterliche Angst vor diesem Monster.

Tränen traten mir in die Augen. Meine Knien zitterten. Meine Zähne klapperten. Meinen Gesichtsausdruck konnte ich mir nicht einmal vorstellen.

Jedes Mal, wenn ein Huf Grashalme zermalmte, stellte ich mir vor, dass es mir sehr bald genauso ergehen würde. All die angestaute Furcht wallte abermals in mir auf.

»Oooooooooooooooooooh!«

Der Minotaurus wurde zu einem Geschoss und raste durch den Gang geradewegs auf mich zu. Ich konnte nicht einmal meine Waffen ziehen. Gar nichts konnte ich. Dies war das Ende.

Schon war Riesenbulle direkt vor mir und ließ sein Langschwert auf mich herabfahren.

»Ah!!«

»Häh?«

Während ich zur Seite flog, hörte ich einen leisen Aufschrei. Noch ehe mir bewusst wurde, dass ich noch am Leben war, spürte ich Lilis Wärme. Sie lag auf meiner Brust, und aus ihrem Kopf strömte unaufhaltsam eine große Menge Blut.

»L… Lili?«

Wir lagen am Boden. Wahrscheinlich hatte Lili mich beiseite gestoßen. So war ich dem Angriff des Minotaurus entgangen, aber sie war dabei verletzt worden. Hatte das Schwert sie erwischt? Oder hatte der Minotaurus einen Felsbrocken zertrümmert, und Lili war von einem Bruchstück am Kopf getroffen worden? Jedenfalls hatte der mächtige Schlag den Boden gespalten. Überall lagen Grasbüschel und Steine verstreut.

Lili verzog das Gesicht und stöhnte.

Aaargh! Mein ganzer Körper schien in Flammen zu stehen.

»Hngh!«

Aus meinen Muskeln war alle Kraft gewichen. Unter größter Anstrengung gelang es mir, mich aufzurappeln.

Ich hatte Angst. Einfach nur Angst. Unfassbare Angst. Der brüllende Minotaurus löste bei mir noch immer das schiere Grauen aus. Am meisten fürchtete ich mich jedoch davor, dass das Mädchen sterben könnte.

»Ooooooooooooooooooooh!«

In Gedanken entschuldigte ich mich bei Lili, dann warf ich sie mit aller Kraft zur Seite. Ich vergewisserte mich nicht erst, ob es ihr gut ging, sondern stellte mich direkt dem gewaltigen Minotaurus entgegen. Ich zitterte, biss mir jedoch fest auf die Unterlippe, und bevor das hochgerissene Schwert ein weiteres Mal herabfahren und mich erschlagen konnte, riss ich den rechten Arm hoch und schrie: »Firebooooooolt!!«

»Mruooh?!«

Ein scharlachroter, funkensprühender Blitz traf den Minotaurus in die Brust. Unter seiner Wucht wankte der Koloss nach hinten. Ich starrte ihn aus weit aufgerissenen Augen an. Aber jetzt verspürte ich ein wenig Hoffnung, wenngleich an einen Sieg noch nicht zu denken war. Wie besessen schleuderte ich weitere Blitze auf das Ungeheuer.

»Uwaaaaaaaaaaaaaaaaah!«

Blitz um Blitz um Blitz feuerte ich ab, als würde ich aufs Geratewohl ein Schwert schwingen, und immer wieder schlugen die Flammenpfeile in den massigen Leib meines Gegners ein. Tosend griff das Feuer um sich. Der Minotaurus stöhnte auf, wich langsam zurück und war inmitten der Explosionen kaum noch zu erkennen.

Ich klammerte mich weiter an meinen Zauber. Damals hatte ich ihn noch nicht beherrscht, jetzt war er meine einzige Hoffnung, also betätigte ich immer wieder den Abzug und schoss Feuerblitze auf den Minotaurus.

Schließlich stand ich nur noch keuchend da und kam langsam wieder zu klarem Verstand. In meinem Sichtfeld war alles voller schwarzem Rauch. Ein stechender Geruch nach verbranntem Gras kitzelte mich in der Nase. In all dem Qualm konnte ich den Minotaurus nicht ausmachen.

Hab ich ... es geschafft?

Während die letzten Funken verglommen, ließ ich langsam meinen ausgestreckten Arm sinken.

»Mruuuh!«

Mit offenem Mund starrte ich in den Rauch, der plötzlich waberte. Ein Sausen drang an mein Ohr, dann schoss eine gewaltige Faust in einem Bogen daraus hervor und traf mich in den Bauch. Als Nächstes schlug mir ein Huf gegen die Brust und dellte meine Rüstung ein. Die Luft wurde mir aus der Lunge gepresst. Alles verschwamm mir vor meinen Augen.

Ich wusste nicht mehr, was ich tat, sprang blindlings nach hinten – und begriff mit einem Mal, dass Aiz mich ein weiteres Mal gerettet hatte: Weil ich sofort zurückgewichen war, hatte ich nur die Hälfte der Wucht abbekommen. Wäre ich einfach stehengeblieben, der Schlag hätte mir sicher die Eingeweide zerfetzt.

»Hnnnnngh!! A... Arghs!!«

Ich war gegen die Wand geprallt und halb darin versenkt worden. Nun rutschte ich unter Schmerzen daran herab und blieb zusammengesunken sitzen. Keinen Laut brachte ich heraus. Dann brachen über mir Steinbrocken aus der Wand und regneten auf mich nieder.

Der Aufprall hatte meiner leichten Rüstung den Rest gegeben: Die Rückenpartie war zerbrochen; nun hielt auch der Rest nicht mehr und fiel polternd zu Boden. War das Scheusal nun endlich zufrieden? Mit zitternden Beinen stand ich auf und stand in meinem zerfetzten Gambeson da.

»Hrrrrffffff!«

Meine Gesichtsmuskeln verkrampften sich. Der Minotaurus hatte keinerlei Schaden genommen! So viele Firebolts hatte ich auf ihn abgefeuert, und er schien völlig unverletzt. Die dicke Haut war ein bisschen angesengt, aber ich hatte keinen entscheidenden Treffer gelandet.

Ich konnte nichts gegen ihn ausrichten.

Der Minotaurus starrte auf mich herab – geistesabwesend stellte ich fest, dass er nur ein Horn hatte –, dann warf er den Kopf zurück und brüllte zur Decke hoch.

»Mruuuoooooooooooooooooooooooooooooooh!«

Dies war nun also mein Abenteuer. Der Abenteurer Bell Cranel hatte zum ersten Mal etwas gewagt, war auf ein richtiges Abenteuer aufgebrochen.

Ich kann nicht gewinnen, dachte ich verzweifelt, während der Bulle wild gen Himmel brüllte.

Kapitel 5: Der Wunsch, ein Held zu sein

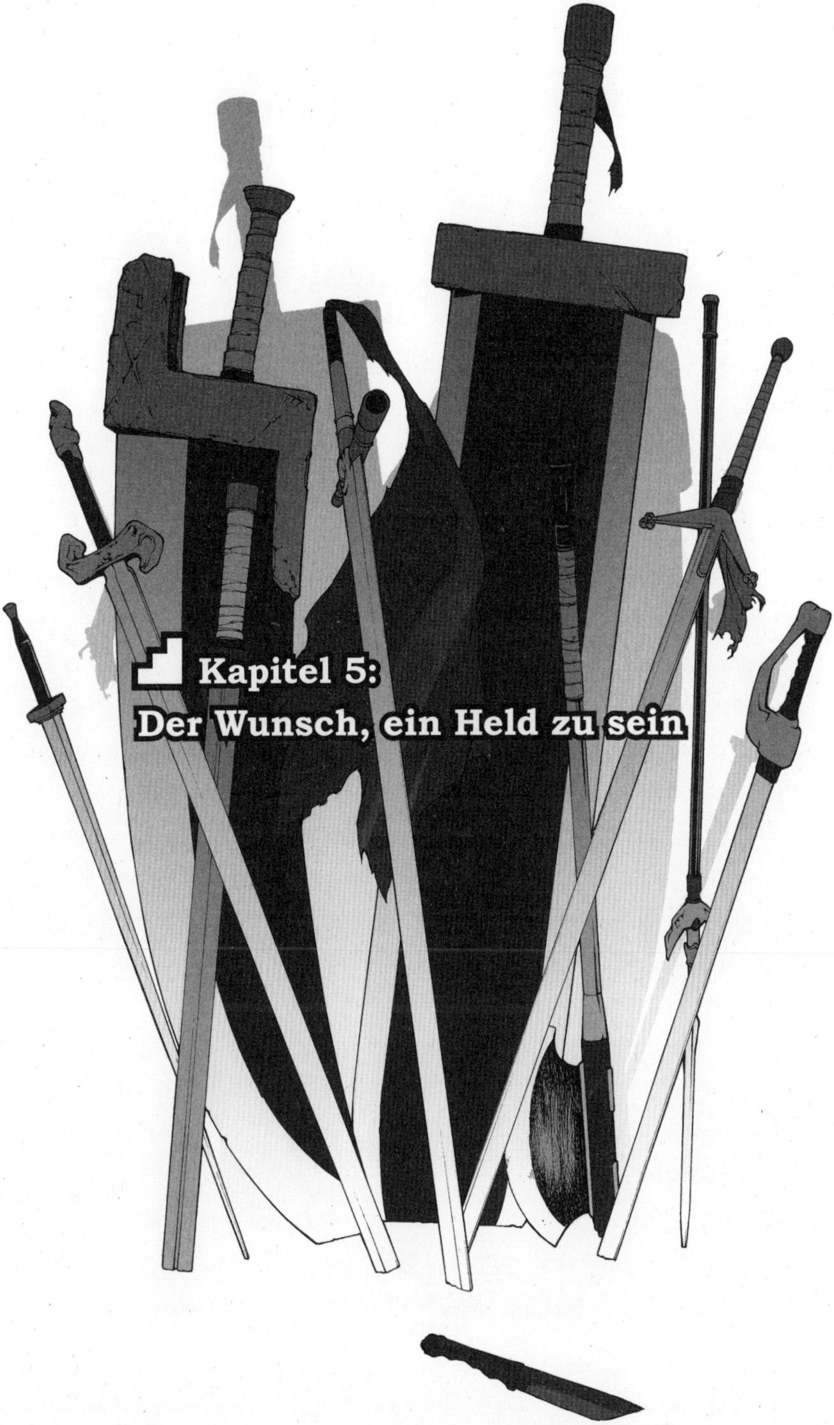

Eine Besonderheit des Dungeons war, dass jede Ebene weitläufiger war als die darüber. Ebene 5 entsprach von der Fläche her schon dem Zentralpark, und je tiefer man unter die Erde vordrang, desto größer wurde das Gebiet. Angeblich hatten alle Ebenen ab der vierzigsten die Gesamtfläche Orarios. Im Grunde konnte man immer davon ausgehen, dass eine Ebene kreisrund war, wenngleich es Ausnahmen gab. Außerdem wurden die Gänge und Kammern allmählich breiter.

Auf den Tiefebenen konnte sich eine Gruppe von mehreren Dutzend Mitgliedern als geschlossene Gruppe vorwärtsbewegen. Auf den obersten Ebenen war es dafür zu eng. In den schmalen Gängen und kleinen Kammern hätte man eher unangenehm in Kolonne marschieren müssen, und gegen Monster könnte immer nur die vorderste Reihe kämpfen. Außerdem käme man anderen Gruppen in die Quere, wenn man als langer Zug durch den Dungeon marschierte. Aus diesem Grund teilte man sich bei einer größeren Expedition mit vielen Mitgliedern meistens in zwei oder drei Gruppen auf, um sich später an einem verabredeten Punkt wieder zusammenzuschließen. Die Loki-Familia machte es auch diesmal nicht anders und war in zwei Einheiten unterwegs.

»Sag mal, Tione, warum haben wir Mitglieder anderer Familias dabei? Das sind doch keine Supporter, oder?«

»Bist du dumm, Tiona? Hast du etwa schon vergessen, warum die letzte Expedition abgebrochen werden musste?

»Hm?«

»Das sind die Schmiede!«

»Ach so, stimmt ja!«

Die Vorhut, die Finn Deimne anführte, würde schon bald Ebene 7 erreichen. Während der Zug aus fünfzehn Mitgliedern sich durch die Gänge bewegte, hallten ihre Stimmen von den Wänden wieder.

»Beim letzten Mal konnten wir doch irgendwann unsere Waffen nicht mehr verwenden«, erklärte Riveria. »Darum hat unser Gruppenführer diesmal Vorkehrungen getroffen.«

»Wenn sich ein Schmied mit den entsprechenden Fähigkeiten eine Waffe vorknöpft, ist sie hinterher wieder wie neu, oder? Finn ist echt clever!«

»Mhm. Es wäre unpraktisch, viele Ersatzwaffen mitführen zu müssen. Ich hab gehört, dass Loki sich gut mit Göttin Hephaistos versteht und sie daher um Zusammenarbeit gebeten hat.«

»Schade, dass wir keine Schmiede-Familia sind und somit Hilfe brauchen ... Es wäre schön, wenn wir zumindest einen Schmied als Mitglied hätten.«

Bis zu den mittleren Ebenen gingen die niederen Mitglieder der Loki-Familia voran – also die Supporter. Die erstklassigen Abenteurer folgten langsam nach. Bis sie in der Tiefebene ihre eigentliche Aufgabe erfüllen mussten, konnten sie sich entspannt unterhalten. Wachsam blieben sie dennoch.

»Aiz! Weißt du schon?! Wir haben einen Oberschmied der Hephaistos-Familia bei uns!«

»Ja ... Davon habe ich gehört. Beeindruckend.«

»Ja, oder?! Da können wir auf der Tiefebene ordentlich auf den Putz hauen! Ich werde alles in Stücke schlagen!«

»Eine völlig zerstörte Waffe kann aber selbst ein Schmied der Hephaistos-Familia nicht mehr reparieren. Nur damit du Bescheid weißt.«

Tiona sprang Aiz auf den Rücken und klammerte sich an ihr fest, doch die ging still einfach weiter. Sie blickte kurz zurück und lächelte. Als Tiona das sah, musste auch sie grinsen. Die beiden waren zwar in unterschiedliche Völker geboren, aber irgendwie brachte die liebenswürdige Amazone es fertig, dass selbst die sonst so kühle Aiz Wallenstein auftaute. Vielleicht lag es aber auch daran, dass sie beide Kriegerinnen waren. Die Schwester Tione schaute die beiden schräg an, als wären die beiden Kinder.

»Oho«, meinte Bete. »Leute aus der Hephaistos-Familia sind uns bestimmt kein Klotz am Bein. Da bin ich beruhigt.«

»Der große Bete ist ja wieder sehr von sich selbst überzeugt.«

Tiona, die immer noch an Aiz hing, warf Bete neben sich einen kühlen Blick zu, doch der grinste sie bloß an.

»Was willst du?«

»Bete, warum redest du immer so? Macht es dir Spaß, auf andere Abenteurer herabzuschauen? So was mag ich überhaupt nicht.«

»Versteh mich nicht falsch. So was Peinliches würde ich nicht machen, auf Schwächlinge runtergucken oder so. Das war nichts weiter als eine realistische Feststellung.« Er blickte sich um. »Eigentlich hab ich euch doch ein Kompliment gemacht, oder?«

Die Schmiede der Hephaistos-Familia, die hinter ihnen gingen, nickten ihm zu.

»Versuch lieber, möglichst wenig zu reden«, meinte Riveria. »Was du so von dir gibst, kann man nämlich leicht missverstehen.«

»Argh, du nervst echt! Ich hab genug von schimpfenden Elfen! Und was mischst du dich überhaupt ein?« Seine aschgrauen Haare stellten sich wütend auf. Dann wandte er sich erneut Tiona zu. »Und du mit deinem Winzbusen musst gerade reden. Du denkst doch genau das gleiche! Ich kann ruhig sagen, dass ich Schwächlinge brutal langweilig finde, oder?!«

»Tione hat mir mein gesamtes Busenpotenzial gerauuuuuubt!«

»Was sind das denn für Anschuldigungen?«, tadelte ihre Schwester.

»Ich gebe zu, dass ich andere manchmal mitleidig ansehe«, sagte Riveria. »Aber mein Mitleid und deine Verschmähungen sind nicht das gleiche.«

»Du und Mitleid? Ihr Elfen kommt mir eigentlich viel grausamer vor, als ich es bin!«

Finn seufzte, während Bete und Riveria sich neben ihm weiterzankten. Riveria mochte eine Ausnahme darstellen, aber im Allgemeinen gerieten die Elfen ihrer Ansichten wegen tatsächlich oft mit anderen Völkern aneinander. Der Werwolf-Tiermensch hingegen war in gewisser Hinsicht lediglich ein einsamer Wolf und konnte sich manchmal nicht gut an andere anpassen. Beide waren aus ganz unterschiedlichen Gründen wütend, aber das war eigentlich nicht untypisch für diese Gruppe. Es war eben Riverias Art, Bete Standpauken zu halten. Finn war sich als Anführer darüber im Klaren und ließ sie einfach machen. Auch Aiz beobachtete das Treiben der beiden still.

»Ich kann Schwächlinge einfach nicht ausstehen«, schimpfte Bete. »Kriegen nichts auf die Reihe, laufen rum wie aufgescheuchte Hühner ... Da könnte ich kotzen.«

»Für mich klingt das eher nach dem Hochmut des Stärkeren«, erwiderte Riveria.

»Genau«, sagte Tione. »Du warst früher sicher auch mal schwach, Bete!«

»Ich mein ja nur, die sollen mal schnallen, wo ihr Platz ist.«

»Ihr Platz, ja?«, murmelte Aiz, Tiona noch immer auf den Schultern.

Das machte sie nachdenklich. Sie empfand weder Mitleid noch Häme. Sie hatte nur leise Zweifel. Der Jüngling hatte dann wohl seinen Platz auch nicht gekannt, hatte sich einfach immer wieder grün und blau schlagen lassen. Was mochte er dabei gedacht und gefühlt haben? Was hatte ihn angetrieben, sich immer wieder aufzurappeln? Die Erinnerungen verblassten bereits, aber noch sah Aiz vor ihrem geistigen Auge schwach sein Gesicht, seine rubellitroten Augen, in denen Tränen standen.

Kurz darauf schaute sie unvermittelt auf und horchte. »Sind das vier Personen?«

»Etwa die Typen, von denen wir schon gehört haben?«

Auch die anderen reagierten. Tiona zog sich ein Stück hoch und blickte Aiz über die Schulter. Betes Tierohren stellten sich auf.

Sie hatten gerade eine Kreuzung passieren wollen. Die Schritte kamen von rechts, und sie klangen gehetzt.

Die Supporter an der Spitze und am Ende der Gruppe wollten sofort hinlaufen, aber Finn hob die Hand und befahl ihnen, sich nicht zu weit vom Treffpunkt zu entfernen.

Dann tauchte eine Abenteurergruppe in dem Seitengang auf.

»Die scheinen ziemlich in Aufregung zu sein. Wollen wir sie ansprechen?«

»Lass es bleiben. Im Dungeon soll man sich nicht bei anderen Gruppen einmischen.«

»Was ist los?«, fragte Tione, als die Abenteurer vorbeiliefen, wurde jedoch ignoriert.

»Heda, ihr Schwachköpfe!«, brüllte Tiona.

Erst da blieben die Fremden ruckartig stehen.

»W… Was wollt ihr? Moment mal … Arghs!! A… Amazonen?!«

»Tiona Hiryute?!«

»I… Ist das etwa die Loki-Familia?! Die Expedition?!«

Die vier sahen Tiona und die anderen schockiert an. Plötzlich wirkten sie unentschlossen. Tiona gegenüber wirkten sie besonders misstrauisch, weil sie gebrüllt hatte, als würde die Welt untergehen.

Bete scherte sich nicht darum und trat vor. »Gut. Jetzt mal Klappe halten, ja? Antwortet einfach auf meine Fragen. Was habt ihr angestellt? Wurdet ihr von einem Schwarm Killerameisen angegriffen? Habt ihr vielleicht sogar einen von euch im Stich gelassen oder so?«

»Wie bitte?!«

»Hör bloß auf.«

»Verglichen damit sind mir Killerameisen hundertmal lieber«, spie einer der Männer beinahe.

Bete runzelte die Stirn und sah die Abenteurer fragend an. Sie wechselten Blicke, und dann trat einer von ihnen vor. Er war ein Mensch und schien der Anführer zu sein.

»Da war ein Minotaurus«, sagte er.

»Was?!«

»Ein Minotaurus, sag ich! Aus irgendeinem Grund treibt sich das Ungetüm hier oben rum!«

Der Mann wirkte aufrichtig verstört. Bete blinzelte. Dann drehte er sich zu Finn und den anderen um. Sie sahen ein wenig genervt aus und blickten ihn verwundert an.

Aiz' rechter Arm zitterte unmerklich. »Sagt mal ... Könnte das ein Minotaurus aus der Herde sein, die uns damals entkommen ist?«

»Unmöglich. Die haben wir doch alle erledigt!«

»Und selbst wenn uns einer durch die Lappen gegangen wäre, wäre es seltsam. Das ist doch schon einen Monat her! Wenn sich ein Minotaurus so lange auf den oberen Ebenen herumgetrieben hätte, dann wären eine Menge drittrangiger Abenteurer draufgegangen. Ich habe aber nichts dergleichen gehört.«

»Entschuldigt.« Finn schaute mit gefasster Miene zu dem Anführer hoch. »Kannst du uns bitte im Detail berichten, was ihr gesehen habt?«

»N... Na gut.«

Also erzählte der Anführer der Gruppe alles, war passiert war. Sie waren wir immer in den Dungeon vorgedrungen. In einem Gang, der auf der anderen Seite einer Kammer weiterführte, hatten sie gesehen, wie der Minotaurus sich auf einen weißhaarigen Jungen stürzte. Der Junge hatte einen Entsetzensschrei ausgestoßen, den sie ihm gar nicht zugetraut hätten, und der Minotaurus hatte gebrüllt. Und da waren die vier schnell bis auf diese Ebene geflohen. Zu allem Überfluss hatte der Minotaurus das Langschwert eines Abenteurers geführt.

»Ein Langschwert?«

»Seid ihr auch sicher?«

»J... Ja. Wir haben es genau gesehen ...«

»Habt ihr neuerdings irgendetwas darüber gehört, dass ein Minotaurus gesichtet worden sei?«

»Nein. Das wär's ja noch!«

»Anführer ...«

»Ja, das klingt alles sehr verdächtig.«

Die Mitglieder der Loki-Familia waren sicher, dass dieser Minotaurus nicht zu denen gehörte, die sie hatten entkommen lassen. Die Sache war höchst verdächtig. Es war denkbar, dass irgendeine Gottheit ihre Finger im Spiel hatte. Aber selbst dann ließ sich nicht erklären, was der Zweck sein sollte. Die Vorhut unter Finns Leitung kam vorerst nicht weiter.

Nur die goldblonde Frau unternahm etwas, trat an einen der Abenteurer heran und fragte leise: »Wo habt ihr diesen Minotaurus gesehen?«

»Was?«

»Auf welcher Ebene wurde dieser Abenteurer angegriffen?«

»A... Auf Ebene 9. Sofern das Monster nicht weitergezogen ist ...«

Noch bevor der Mann seinen Satz beendet hatte, war Aiz losgelaufen. In Windeseile rannte sie durch den Gang, aus dem die Abenteurer gekommen waren.

»Aiz?!«

»Was machst du denn?!«

»He, wartet mal! Wir sind gerade auf einer Expedition!!«

»Finn ...«

»Ach, meinetwegen ... Der Trupp geht wie geplant weiter und dringt auf dem kürzesten Weg bis Ebene 18 vor! Die Führung übernimmst du, Raul!«

»J... Jawohl!!«

»Raul übernimmt?!«, fragte Riveria. »Willst du Aiz etwa begleiten?«

»Es juckt mich in den Fingern. Ich werde es mir mal ansehen. Aber sag, hattest du etwa die Absicht, hier zu bleiben, Riveria?«

»Deine Vorahnungen stimmen meistens, Finn ... Dann komme ich auch mit.«

»Ha ha ha!«

Verwirrt blieben der Rest der Loki-Familia und die Mitglieder der Hephaistos-Familia zurück, während die erstklassigen Abenteurer einfach in Richtung von Ebene 9 losstürmten.

Meinem Großvater wollte ich jetzt nichts ins Gesicht schauen müssen.

Weil ich keine Eltern mehr hatte, hatte er mich im Grunde aufgezogen. Immerzu grinste er breit und sagte Dinge wie:

Ich würde so gerne ein süßes Mädchen retten und mich mit ihr anfreunden.

Es ist mein Traum, von schönen Frauen umringt zu sein.

Ich wäre gerne ein richtiger Gigolo.

Ach, ich möchte aber keine Frau, die aus Eifersucht brutal wird!

Manchmal erzählte er Sachen, die ich nicht so richtig verstand, aber er war dennoch ein liebenswerter Mensch.

Er erzählte mir Heldengeschichten, als wäre er höchstpersönlich dabei gewesen und hätte alles mit eigenen Augen gesehen. Erst lange Zeit nach seinem Ableben erfuhr ich, dass er das Bilderbuch, das er mir zu einem Geburtstag geschenkt hatte, selbst gemalt hatte.

Die Typen sind echt toll.

Wie gerne würde ich einmal jemandem gegenübertreten, der stärker ist als ich.

Aber ich könnte das nie.

So erzählte mein Großvater also immerzu fröhlich seine Heldengeschichten und behauptete dabei, er könne so etwas nicht. Das war jedoch gelogen – er konnte durchaus heldenhaft sein.

Mein Großvater war klasse.

Als Kind wäre ich einmal fast von Goblins getötet worden. Da war er schneller als jeder andere angestürmt gekommen – geradezu wie ein Blitz – und hatte die Monster mit einem Spaten totgeschlagen.

Er versteckte sich unter einem Umhang, war jedoch so stattlich wie ein Krieger. Seine Arme waren dick wie Baumstämme, und er ließ kein Monster an sich heran. Mit seinen großen Händen hob er mich hoch und drückte mich an sich.

Wenn ich jetzt daran zurückdachte, war mein Großvater der erste Held gewesen, zu dem ich aufgeschaut hatte.

Wenn's gefährlich wird, läufst du weg.

Wenn du Angst kriegst, läufst du weg.

Wenn du in Lebensgefahr bist, rufst du um Hilfe.

Wenn eine Frau wütend wird, entschuldigst du dich sofort.

Selbst wenn sich jemand über dich lustig macht und mit dem Finger auf dich zeigt, musst du dich deswegen nicht schämen.

Nichts ist Beschämender, als im Ernstfall nichts machen zu können.

Solche Dinge hatte mein Großvater immer gesagt.

Nun war er fort, doch an seine Lehren würde ich mich stets erinnern. Er hatte mich zu meinen bedeutsamsten Entscheidungen geleitet. Seine Worte hatten mich nach Orario geführt.

Doch in diesem Moment hätte ich ihm nicht ins Gesicht sehen wollen.

»Oooooooooooooooooooooooooooooooooh!«

Großvater. Jetzt gerade kann ich nichts machen.

»Uh … Ah.«

Aus dem hochgerissenen Maul des Minotaurus flogen riesige Speicheltropfen. Er riss sein Langschwert hoch und brüllte, offensichtlich um mir zu imponieren. Sein Körper war an sich schon wie eine dicke Rüstung, und nirgends war eine richtige Verletzung zu erkennen. Die Verbrennungen waren alle nur oberflächlich.

Als mir klar wurde, dass ich mit meiner Magie nichts ausrichten konnte, überfiel mich ein Gefühl der Machtlosigkeit. Alle Kraft war aus mir gewichen. Mühsam hatte ich mich wieder erhoben, aber meine Knie zitterten und drohten erneut nachzugeben.

»Hrfff!«

Als das Ungetüm mich anschnaubte, stellten sich mir die Nackenhaare auf. Sofort flammte wieder die Furcht in mir auf – immerhin verflog dafür die Kraftlosigkeit. Mein Instinkt befahl mir, so schnell wie möglich zu verschwinden. Blieb ich hier stehen, würde ich einfach nur sterben. Das Monster würde mich und Lili erschlagen.

Ich muss hier weg!

Ich ballte die Fäuste, so fest ich konnte.

»Mruuuuuuuuuuuuuh!«

An der Wand ist es zu gefährlich!

Als der Minotaurus sich näherte, rannte ich von der Wand fort, damit mir die gewaltige Bestie nicht den Fluchtweg abschnitt. Ich entfernte mich von Lili: Ich hielt es für das Beste, eine breitere Stelle zu suchen.

Der Minotaurus behielt mich fest im Blick und schlug ebenfalls einen Bogen. *Rums, Rums, Rums!* Der Boden bebte unter jedem seiner Schritte.

Ich konnte nicht umhin, als zurückzuschauen: Das bösartige Bullengesicht wurde immer größer!

»Hrmuuuh!«

»Urghs?!«

Der Minotaurus stieß sich von Boden ab, stürzte sich auf mich und schwang sein Schwert nach mir, aber ich schleuderte mich im selben Moment nach vorn und entging um Haaresbreite dem Hieb.

Eine Sekunde später knallte es hinter mir, aber ich kümmerte mich nicht darum. Ich rollte mich auf dem bebenden Boden ab und sprang auf. Eine schnelle Drehung und ein Schritt rückwärts. Vor mir klaffte ein Spalt im Boden auf. Der Schweiß quoll mir aus allen Poren, und ich wich verzweifelt vor dem Minotaurus zurück, der mich anstarrte.

»Muraaaaaaaaaaaaah!!«

Er machte einen Satz und war sofort wieder direkt vor mir. Mit weit aufgerissenen Augen beobachtete ich, wie er das Schwert herumriss. Mit einem Mal sah ich nur noch rot. Als die mächtige Waffe durch die Luft sirrte, ließ ich mich auf die Knie fallen. Die Klinge sauste knapp über meinem Kopf hinweg – mit knapper Not war ich dem tödlichen Schlag entronnen.

»Mruoh!«

»Urghs!!«

Ein Büschel meines weißen Haars schwebte langsam herab, da hieb der Minotaurus schon wieder nach mir. Ich warf mich zur Seite. Ein Donnern. Dann brach eine Flut wilder Schläge über mich herein. Mit gewaltiger Kraft wurde die blutverschmierte Metallklinge durch die Luft gerissen. Ihre Reichweite war so groß, dass ich Mühe hatte, den Angriffen zu entkommen. Zwischendurch bekam ich immer wieder Schläge und Tritte ab. Ich spürte, wie meine Kraft nach und nach aufgezehrt wurde.

Der Atem brannte mir in der Brust, und mein Herz raste. Immer wieder musste ich ausweichen, hatte keine Zeit, einen klaren Gedanken zu fassen. Ein Fehltritt, und alles wäre vorbei. Unaufhörlich schrillte ein Alarm in meinem Kopf. Meine Trommelfelle waren kurz davor zu zerreißen.

»Hm?! Hngh?!«

Ich war bereits überall mit Schürfwunden übersät. Das war der Preis dafür, dass ich selbstvergessen den wilden Angriffen ausgewichen und über den rauen Boden gerollt war.

Ich hatte keine Kraft mehr. Woher hätte ich sie nehmen sollen? Mit Wunden am ganzen Körper machte ich einen Schritt nach vorne. Und wenn die Attacken so weitergingen ... Die Zukunft war mir ungewiss erschienen, doch nun entstand vor meinem geistigen Auge ein klares Bild: Ich sah ein blutiges Ende voraus.

Von hier an konnte es nur noch schlimmer werden. Selbst wenn ich noch eine Weile durchhielt, am Ende wartete der sichere Tod.

Lauf! Na los, lauf, du musst hier weg! Hau ab, sonst bist du verloren!

»Meister ... Bell!«

Am Rand meines Sichtfeldes regte sich etwas. Lili hatte sich schwankend erhoben und schaute mich mit unklarem Blick an. Ihre Blutung wollte einfach nicht aufhören.

»Lili, lauf weg!«.

Ihre kleine Gestalt begann zu zittern. Nachdem ich all den Schwertschlägen ausgewichen war, hatte ich sie in meiner Verzweiflung angeschrien. Aber sie rührte sich nicht vom Fleck, stand einfach nur da und sah mich an, den Tränen nah.

»Lauf weg«, schrie ich, plötzlich wütend. »Hau ab, verdammt noch mal!«

Lili schüttelte unter Tränen den Kopf. Vielleicht war sie nicht bei Verstand, oder sie war störrisch wie ein Kind.

Was soll das? Solange du hier bist, kann ich auch nicht weg, Lili. Sonst hätte ich vielleicht eine Chance zu entkommen! Verstehst du das nicht?! Bitte begreif es doch!

»Hau endlich aaaaaaaaab!!«

Mein wütender Schrei gab Lili endlich den Anstoß. Tränen strömten aus ihren Augen, und sie verzerrte das Gesicht. Dann wirbelte sie herum und rannte durch den Gang davon. Kurz darauf waren ihre Schritte verklungen.

Jetzt ich! Endlich kann ich fliehen! Ich kann ...

Nein, das konnte ich nicht. Wenn ich jetzt weglief, wer würde dann das Monster aufhalten? Und wenn ich es aus dieser Kammer ließ, würde es bestimmt Lili einholen. Es würde sie ins Visier nehmen, und dann ... Dann würde Lili ...

»Scheißdreck!«

Ich griff in meinen Armschutz und zog den Baselard hervor. Dann wirbelte ich herum und stellte mich dem Minotaurus in den Weg.

Ich wusste nicht, ob ich heulen oder schreien sollte. Nichts hielt mehr meine Gefühle im Zaum. Mit der Kraft der Verzweiflung stieß ich mich ab, um mich dem Minotaurus im direkten Zweikampf zu stellen.

»Mruoooooooooooooooooooooooooooh!«

»Hngh!!«

Eine linke Gerade, aber ich blockte sie seitlich mit dem Baselard. Mein rechter Arm zitterte von dem Aufprall. Dann raste das Langschwert auf mich zu. Allein mit einem Kurzschwert konnte ich diese Waffe nicht abwehren, also wich ich aus. Ich ging auf Abstand und wappnete mich gegen den nächsten Angriff, Auge in Auge mit dem wutschnaubenden Minotaurus.

»Hrr ... Mruuuh. Mruuuh!«

»H... Hnnngh!«

Ohne eine Rüstung, die mich hätte schützen können, stellte ich mich dieser tödlichen Gefahr. Jeder Hieb mit dem Langschwert ließ den Boden erzittern. Scharfe Steinbrocken flogen durch die Luft, rissen meine Haut und meine Kleidung in Fetzen.

Der Minotaurus schnaufte. Er kochte vor Wut, weil er mich nicht zu fassen bekam. Natürlich war auch ich außer Puste. Große Schweißtropfen liefen mir über die Stirn. Meine Kehle war ausgedörrt. Bei jedem Schwerthieb strich ein Wind durch das Gras. Alle Geräusche gingen allein von diesem Kampf aus, und in dem schwach erleuchteten Raum bewegten sich nur unsere beiden Schatten durch die Dunkelheit.

»Hrff ... Mruoooooooooooh!«

Der Minotaurus stieß ein wütendes Brüllen aus. Es war fast so, als würde er mich anschreien: *Hör auf, wegzulaufen!*

Ich nahm all meinen Mut zusammen und begann, die Hiebe mit dem Kurzschwert abzuwehren. Sofort bemerkte ich, dass ich von der Schnelligkeit her mit ihm mithalten konnte.

Es gelang mir jedoch nicht, die Initiative an mich zu reißen. Immer wieder rauschte das Schwert ganz knapp an mir vorbei. Mir war kalt. Meine Beine zitterten. Die Furcht schwoll immer weiter in mir an. Wie sollte ich mich da nach vorne wagen?

Ich gab eine klägliche Gestalt ab, wich nur immer weiter zurück. Ausweichen, ausweichen und ausweichen ... Hauptsache, ich verschaffte Lili Zeit. Das musste doch reichen ... oder?

»Ha ... Ah!«

Keuchend wich ich der breiten Klinge aus. Wie oft war ich jetzt schon ganz knapp dem Tod entronnen? Mein Herz schlug wie verrückt. Wieder zischte ein Luftzug an meiner Wange vorbei. Schaudernd sprang ich zurück.

Ich musste irgendwie neben den Minotaurus gelangen. Dort war sein toter Winkel. Nur da wäre ich sicher. Todesmutig sprang ich vorwärts, doch in dem Moment, als ich bei dem Monster ankam, glommen seine Augen auf, und es drehte den Kopf in meine Richtung. Stocksteif stand ich da, während die Bestie mich anschnaufte.

»Wa...«

Und dann verbog sich der Minotaurus plötzlich auf widernatürliche Weise, um mich seitwärts mit seinem Schädel zu rammen! Fassungslos sah ich zu, wie das einzelne gebogene Horn auf mich zuraste.

»Uwah!!«

Ich riss meinen Armschutz hoch, in der Erwartung, dass er einfach durchstoßen würde. aber er rettete mir das Leben. Es gelang mir, das Horn, das mich aufzuspießen drohte, zur Seite abzulenken. Es drang zwar durch das Rüstungsstück, verletzte mich jedoch nur leicht. Allerdings steckte es nun fest. Mit Kraft zog der Minotaurus den Kopf zurück und riss den Armschutz mitsamt meinem Arm hoch über seinen Kopf.

»Hirghs?!«

»Ooooooooooooooooooooooh!«

Etwa zwei Medol über dem Boden wurde ich herumgewirbelt, durchgeschüttelt, wie ein Pendel hin und her geschleudert. Das Gras schien weit entfernt. Ich wusste nicht mehr, wo oben und unten war. Aufgrund des wilden Herumschwingens wurde mir fürchterlich übel. Mein Arm ächzte und knirschte unter meinem Gewicht. Gleich würde er aus seinem Gelenk reißen. Noch zwei, drei Mal ließ der Minotaurus seinen Kopf herumfahren – und dann gab zum Glück der Armschutz nach, noch vor meiner Schulter. Das Rüstungsteil, ohnehin schon beschädigt, brach an den Verbindungsstücken auseinander.

Der Minotaurus hatte seinen Kopf schräg nach oben gerissen, und nun, da mein Arm befreit war, wurde ich durch die Luft geschleudert.

»Waaaaaaaaaaaaaaaaaah!!«

Ich flog hoch hinauf, schlug fast gegen die über zehn Medol hohe Decke, dann setzte mein Fall ein, und ich raste in einem parabelförmigen Bogen wieder auf den Dungeonboden zu. Ich sah das Gras auf mich zuschießen und konnte nicht das Geringste dagegen tun.

»Hrghs!!«

Ich landete hart auf dem Rücken. Von meinem Rückgrat aus ging ein Schrei durch meinen ganzen Körper. Mir wurde schwarz vor Augen. Meine Arme und Beine zuckten. Ohne meinen hohen Ausdauerwert wäre ich längst tot gewesen!

»Ah?!«

Es flimmerte vor meinen Augen. Wellen des Schmerzes liefen durch mich hindurch. Mit zugekniffenen Augen lag ich da.

Doch kurz darauf spürte ich Erschütterungen im Boden: Der Minotaurus kam zu mir herüber. Ich schnappte nach Luft, versuchte mich zu bewegen ... Verdammt, mein Körper gehorchte mir nicht! Mit aller Kraft hatte ich die Angst niedergekämpft, doch nun brach sie sich Bahn und stürmte auf mich ein. Meine Zähne klapperten, und vor Tränen konnte ich nichts mehr sehen.

Ich habe Angst. Ich habe wirklich schreckliche Angst. Alles schmerzt, brennt oder tut weh. Aber vor allem habe ich Angst. Ich kann jetzt nicht mehr aufstehen.

»Mruuh!«

Ich merkte deutlich, wie das Beben stärker wurde. Alle Haare an meinem Körper stellten sich auf. Der Minotaurus näherte sich ganz gemächlich, ließ sich alle Zeit der Welt. Er wusste ja, dass ich so gut wie tot war. Meine Beine zuckten, und ich wurde fast verrückt vor Furcht, ging fast zugrunde daran. Es wäre eine Erlösung gewesen.

Ich konnte einfach nur daliegen und zur Dungeondecke aufschauen. Die phosphoreszierenden Lichter brannten mir in den Augen, ließen sie noch mehr tränen.

Es geht nicht mehr.

Meine Angst hatte mich nun beinahe übermannt, und meinem Mund entrang sich ein Seufzer. Doch dann stellte ich benommen fest, dass das Beben aufgehört hatte. Die donnernden Schritte meines Henkers waren mit einem Mal abgerissen. Stattdessen spürte ich eine Brise über mich hinwegstreichen. Wie sonderbar! Was war nur geschehen? Warum war es plötzlich so still?

Ich verzog das Gesicht und versuchte abermals, mich aufzurichten. Alle meine Muskeln zitterten, aber es gelang mir mit Müh und Not, den Kopf zu heben.

Und dann … sah ich *sie*. Langes goldblondes Haar. Eine hellblaue Rüstung. Ein silberner Säbel. Wie damals hatte sich die Schwertkämpferin schützend vor mich gestellt, sodass ich ihren Rücken sah. Es war, als wäre die Zeit stehengeblieben.

»M… Mruooh?!«

Der Minotaurus klang so, als fürchtete er sich. Die junge Frau sagte nichts, schaute ihn nur an, aber er wich langsam von ihr zurück. Der Wind wehte, wirbelte, strudelte um sie herum, und es entstand eine eigenartige, angespannte Stille.

Da stand sie, die Prinzessin der Klingen.

»Aiz! Du hier?!«

»Tss«, machte jemand. »Warum muss ich bei so einem langweiligen Scheiß mitmachen?!«

Ich hörtc immer mehr Schritte und Stimmen, aber mein Blick klebte an ihrem Rücken, und in meinem Geist war nur Platz für sie, direkt vor mir, so nah. Aiz hatte sich dem Minotaurus gestellt, um mich zu beschützen.

In meinem Kopf herrschte Durcheinander, ich kam nicht mehr mit. Was war gerade passiert? Und was würde als Nächstes geschehen? Jemand packte mich unter den Schultern, wollte mich hochhieven, aber ich merkte es kaum, starrte nur gedankenverloren weiter ihren Rücken an.

»Alles in Ordnung?«

Ob alles in Ordnung sei?

Alles war genauso wie bei unserer ersten Begegnung. Wieder blickte sie sich zu mir um, sprach die gleichen Worte. Mein Herz pochte, und ein Beben lief durch mich hindurch.

»Du hast dein Bestes gegeben.«

Mein Bestes ge…

Das hatte sie damals nicht gesagt. Diese freundlichen Worte waren neu. Mein Herz machte einen Satz.

»Ich werde dich jetzt retten.«

Mich retten?

Mein Puls raste wie verrückt. Langsam sah ich wieder klar. Retten wollte sie mich? Schon wieder? Ganz genau wie damals? Ja wiederholte sich denn alles nur?

Wer sollte den Minotaurus besiegen?

Ich!

»Hnnngh!«

Ein Feuer loderte in meinem Kopf auf. Alle meine vorherigen Gefühle wurden einfach weggewischt, überschrieben mit blindem Zorn. Es war erbärmlich, so den starken Mann zu spielen, aber etwas in mir, das sich nicht bändigen ließ, trieb mich an, mich selbst aus meiner misslichen Lage zu befreien.

Aufstehen. Na los, steh endlich auf! Wie lange willst du noch hier rumliegen?! Willst du dich etwa wieder einfach retten lassen?

Nein, ich wollte nicht, dass sich alles immer nur wiederholte, wollte auf keinen Fall so schwach bleiben, das sie mich immer wieder retten musste.

»Hnnnnnnnnnngh!«

Ich durfte mich nicht klein machen vor Furcht, musste mich auf das Kommende gefasst machen. Und ich durfte mich vor der, die ich bewunderte, nicht länger so erbärmlich verhalten. Ich wollte ihr meine Gefühle gestehen. So kläglich sollte sie mich nicht sehen.

Das halte ich nicht aus. Ich halte es nicht aus. Ich halte es nicht aus!

Wenn ich jetzt keine Stärke zeigte, wann dann?

Wenn ich mich jetzt nicht bewies, wann dann?

Wenn ich jetzt nicht aufstand – ja wann denn dann?

Wenn ich jetzt nicht nach neuen Höhen griff, wann würde ich sie jemals erreichen?!

Ich trat Erdbrocken weg. Rollte mich herum. Kämpfte mich mühsam hoch und stand schließlich schwankend da.

»Aber …«

»Nein.«

Ich packte ihren Arm. Er war so dünn, dass ich befürchtete, er könnte durchbrechen, wenn ich zu fest zudrückte. Dann schob ich mich an ihr vorbei und trat entschlossen nach vorn.

»Aiz Wallenstein, ich kann mich nicht immer nur von dir retten lassen!«

Der Minotaurus machte große Augen, als ich mein Messer zückte und erneut vor ihm erschien, aber dann grinste er plötzlich und richtete sein Schwert auf mich, wie um meinem Wunsch entgegenzukommen

»Jetzt gilt's!«

Nun würde ich für meine Gefühle ein Wagnis eingehen.

Heute begann mein Abenteuer.

Der Junge rannte los und stürmte auf das gewaltige Monster vor ihm zu. Aiz blieb zurück und konnte ihm nur nachschauen.

»Tja«, sagte Bete hinter ihr. »Es ist nun mal gegen die Regeln, im Dungeon anderen die Beute abzunehmen. Da bist du wohl abgeblitzt.«

Er schnaubte belustigt. Der Junge verhielt sich mehr wie ein Abenteurer als sie.

Nach Bete kamen der Reihe nach Tiona, Tione, Riveria und schließlich Finn bei ihnen an. Mittlerweile war der Kampf zwischen Bell und dem Minotaurus richtig entfacht.

»Oho«, machte Bete, als Bell dem ersten Hieb auswich. Er staunte nicht schlecht. Doch dann bemerkte er etwas. »Hm? Dieser Weißschopf ... Das ist doch nicht etwa der Tomatenkerl von neulich? Pfff ... Ha ha ha! Minotauren finden ihn wohl unwiderstehlich, was?«

»Das ist der Junge, den Aiz damals gerade noch gerettet hat?«

»Ganz sicher! Und jetzt sind die Biester total verknallt in ihn, und einer ist extra hier hoch gekommen, weil er sich so nach ihm gesehnt hat!«

»Lass die blöden Sprüche, Bete«, mahnte Tione.

Aber er zuckte nur mit den Schultern und blickte mit einem breiten Grinsen zwischen Bell und Aiz hin und her. »Jetzt versteh ich auch, warum er nicht gerettet werden will: Er kann sich nicht gegen den gleichen Gegner noch einmal so erbärmlich zeigen!«

»Kommt der Junge denn zurecht? Er ist doch erst Level 1, oder? Bestimmt wird der Minotaurus ihn plattmachen!«

»Der Tomatenkerl hat es sich selbst ausgesucht, da sollten wir uns nicht einmischen. Stimmt's, Tione?«

»Schieb das nicht mir zu!«, sagte Tione, fassungslos, dass Bete immer noch so locker blieb und grinste.

Tiona kam dazu. »Wir können den Minotaurus nicht einfach laufen lassen. Besiegen müssen wir ihn so oder so. Also los, kümmern wir uns gleich drum!«

»Nee, lass ihn mal machen«, sagte Bete. »Er ist doch ein Mann, oder? Der hat jetzt schon so viel eingesteckt, der weiß schon, worauf er sich einlässt. Ich an seiner Stelle würde lieber sterben, als mich noch mal retten zu lassen.«

»Bete, hier geht's gerade nicht um deinen Sinn für Ästhetik!«

Tiona und die anderen achteten wegen ihrer Streiterei schon gar nicht mehr auf den Kampf. Dann sagte jemand mit leiser Stimme etwas, eine kleine Gestalt, die schwankte und sich kaum auf den Beinen halten konnte, und beinahe wäre es in dem Lärm untergegangen.

»Ich bitte euch, werte Abenteurer ... Rettet Meister Bell!«

»E... Eine Pallum?«

»Was willst du?!«, knurrte Bete. »Lass mich los!«

Lilis Tarnung löste sich langsam auf. Während sie zusammensackte, griff sie nach seinem Hosenbein. Als die kleine zitternde Hand über sein Knie strich, wurde selbst er weich.

»Ich mach's auch wieder gut«, flehte sie. »Ich werde alles dafür tun, aber ... Bitte rettet Meister Bell!«

»H... He ...«

Als Bete die Worte der kleinen Pallum hörte, mittlerweile kaum noch zu verstehen, da ließ er die Ohren hängen und wirkte ausnahmsweise ein wenig unsicher.

Riveria trat hinter Lili und kniete nieder. Sie legte dem kleinen Geschöpf sanft die rechte Hand über die Augen und die linke auf den Bauch und zog es zu sich.

»Übernimm dich nicht«, sagte sie. »Deine Wunde wird sich gleich schließen, aber du hast viel Blut verloren.«

Sie murmelte einen Zauberspruch. Ein jadegrünes Licht kam aus ihrer Hand und senkte sich auf Lilis Augen. Und dann, als hätte die Elfin es befohlen, schloss sich die blutende Wunde.

Aiz und ihre Kameraden hatten diese Kammer nicht durch Zufall gefunden: Lili hatte sie hergeführt. Sie hätte Bell niemals einfach zurücklassen und weglaufen können. Trotz ihrer Verletzung war sie verzweifelt durch die Gänge gelaufen und dabei schließlich auf Aiz gestoßen, die gerade auf Ebene 9 angekommen war. Unter dem inständigen Bitten der Supporterin war die Gruppe dann hierher geeilt.

»Ich … flehe euch an!«

»Tss …«

Bete war genervt, konnte ihr die Bitte aber auch nicht abschlagen. Er wuschelte sich einmal durch das aschgraue Haar, dann wandte er sich um und ging auf das Kampfgeschehen zu.

»Du willst hin?«, fragte Riveria.

»Versteh mich nicht falsch: Ich hab null Bock, so einen Schwächling zu retten. Aber noch viel weniger kann ich Schwächlinge ausstehen, die noch schwächere Schwächlinge piesacken.«

Und damit machte er einen Schritt nach vorn. »Aus dem Weg!«, rief er Aiz zu, die den Blick nach vorn richtete. »Ich mach das!«

Aiz reagierte nicht.

»He, was stehst du da so faul rum?«

Bete wollte an ihr vorbeigehen, blieb dann jedoch plötzlich stehen. Aiz' Gesicht zeigte wie üblich keine Regung, aber ihre goldenen Augen waren weit geöffnet und blickten ungewöhnlich ernst zu dem Schauspiel hin.

»Nanu?«

Bete schaute auch hin – und erstarrte.

Der Minotaurus schwang sein Langschwert, und der Jüngling ließ sein Messer aufblitzen. Keiner von beiden wich zurück, und sie tauschten immer wieder heftige Schläge aus.

»Hääá?!«

Klirrend schlugen die Klingen aufeinander – es war ein Tanz der Schwerter. Das Donnern einer allzerstörenden Kraft und der frische Klang einer Agilität, die alles zu zerschneiden vermochte, verschmolzen in Betes Ohren zu einer brutalen Melodie, die womöglich den ganzen Dungeon durchschallte. In raschem Wechsel blitzten silberne und purpurne Lichtbögen auf. Der Minotaurus und Bell erweckten den Anschein, ebenbürtige Gegner zu sein.

»Wie ... H... Huch?«

»Habt ihr nicht gesagt, der sei Level 1?«, fragte Tiona.

Es war für alle klar ersichtlich, dass der Minotaurus vom Körperbau und den Werten her überlegen war. Dennoch war der Kampf in keiner Weise einseitig. Dies war für beide ein Duell auf Leben und Tod.

Als Bell gerade wieder das Langschwert mit seinem Messer ablenkte, wandten sich Tiona und die anderen zu Bete um, als wollten sie ihn fragen, was hier los sei. Aber auch der hatte keine Erklärung anzubieten.

»Ja, soweit ich weiß ...«

Schulterzuckend blickte er sich zu den anderen um und wusste wohl selbst nicht, was für ein Gesicht er gerade machte.

Finn Deimne, ihr Anführer, kam auf kurzen Beinen langsam näher. Mit seinem Speer über der Schulter blieb er neben Bete stehen und fragte ihn ruhig: »Vor einem Monat sah dieser Junge in deinen Augen noch wie ein blutiger Anfänger aus. Nicht wahr, Bete?«

Bete wusste keine Antwort.

Weiter vorn gab es eine Explosion. Die beiden spürten die Druckwelle an den Beinen, und ein orangefarbenes Leuchten erhellte ihre Gesichter. In Finns blauen Augen spiegelte sich Betes bestürzte Miene.

Ja, der Junge war damals zweifelsohne ein Neuling gewesen. Wie von Sinnen war er vor dem Minotaurus davongelaufen. Er hatte weder die Fertigkeiten noch den Willen eines Kämpfers besessen und war auf den ersten Blick als blutiger Anfänger zu erkennen gewesen.

Was ist mit ihm passiert?!

Er hatte sich zu schnell entwickelt. Auch wenn Bete es nur äußerst widerwillig zugab, war dies offensichtlich nicht bloß ein unfähiger Abenteurer. Er mochte noch am Anfang stehen, hatte jedoch schon die Hand nach wahrer Kraft ausgestreckt. Ein einziger Monat. Es war nur ein Monat gewesen. In dieser Zeitspanne erfuhr selbst ein mit Talent gesegneter Abenteurer kein solches Wachstum, dass man ihn hinterher kaum noch wiedererkannte. Die meisten Abenteurer kamen zu Beginn eher im Schneckentempo voran. Dieser Junge hatte jedoch einen gewaltigen Sprung getan und wirkte nach nur einem Monat wie ausgetauscht. Bete staunte und schauderte zugleich.

Auch Aiz neben ihm sah ihn weiterhin unverwandt an, überrascht, aber auch voller Interesse.

»Mruoooooooooooooooooooooooooh!«

»Aaaaaaaaaaaaaaaaaah!«

Schreie hallten durch den Dungeon. Monster und Mensch prallten aufeinander, ein Widerstreit von Kraft und Gewandtheit. Das lockte natürlich die Amazonen-Schwestern an, und auch Riveria, die weiterhin Lili in den Armen hielt, gesellte sich dazu.

Alle standen mit offenen Mündern da und betrachteten dieses Duell zwischen Mensch und Monster aus nächster Nähe. Sie waren die Elite unter den Abenteurern der Loki-Familia, und aus ihrer Sicht war dies ein primitives Duell, ein Gefecht auf niedrigem Niveau, ihrer nicht würdig. Dennoch blieben sie alle wie angewurzelt stehen und konnten den Blick nicht abwenden, ob sie nun bewundernd, gebannt oder schweigsam zusahen.

Funken sprühten, Wind rauschte, und ein orangefarbenes Licht umgab die Kämpfer. Dies war wie eine Seite aus einem Märchen. Das wilde Monster in Form eines Bullen und der Jüngling raubten einander die Lebensenergie, während sie aufeinander einschlugen.

Tiona machte schmale Augen. »Argonaut ...«

Ja, es war wie in jenem Märchen. Ein junger Mann träumte davon, Abenteurer zu werden und begab sich in ein Labyrinth, in das die Prinzessin eines Königreichs verschleppt worden war – von einem Kuhmenschen. Manchmal wurde er von anderen hereingelegt, dann wieder vom König ausgenutzt. Diese Geschichte über einen etwas lächerlichen Mann hatte viele bewegt. Er nutzte das Wissen seiner Freunde, erhielt von Naturgeistern eine Waffe, und am Ende gelang es ihm, die Prinzessin zu retten. Und »Argonaut« war der Name jenes komischen Helden.

»Diese Legende hab ich immer gemocht ...«

Tiona verschränkte die Arme vor der Brust und schaute dem Kampf zwischen dem Menschen und dem Minotaurus zu, als würde sie ein Juwel bewundern. Mit einem leichten Lächeln auf dem Gesicht dachte sie an alte Zeiten zurück.

Wie eine Welle, die sich auf einer Wasseroberfläche ausbreitete, hörte man alle Anwesenden nacheinander murmeln. Krachend stießen der weiße Schatten und der kupferrote Schatten aufeinander. Und unter den Blicken der Zuschauer ging dieser Kampf, der an eine Legende erinnerte, in seine heiße Phase über.

Mein Körper war leicht. Mein Kopf war klar. Emotionen brodelten in mir.

Pausenlos schoss die große Klinge an mir vorbei, aber ich musste weiter nach vorn. Ich setzte dem wilden Brüllen meinen eigenen Kampfschrei entgegen und drang weiter auf die Kreatur vor mir ein, die mir den Garaus machen wollte. Nach vorn, immer nach vorn. Es gab nur noch meinen Gegner, ich dachte an nichts anderes mehr.

So erging es mir zum ersten Mal. Es war keine klägliche Fantasie, kein eitles Streben nach Ruhm und auch kein unrealistischer Traum.

Ich wollte ein Held sein. Der Recke, der diesen Gegner bezwang. Ich würde mein eigenes schwaches Ich überwinden und ein wackerer Kämpfer werden. Dieses Begehren brannte zum ersten Mal in mir.

Ja, ein Held wollte ich sein!

Polternd sprang Freya von ihrem Stuhl auf. Es war der Moment, als Bell und der Minotaurus aufeinanderstießen. Aus großen silbernen Augen blickte die Göttin in ein kreisrundes Fenster, das in der Luft schwebte.

»Kann das denn … wahr sein?«

Götterspiegel war der Name dieser Kraft. Sie gehörte zu den Arkana, deren Nutzung auf der irdischen Welt erlaubt war. Ursprünglich hatte dieser Spiegel dazu gedient, aus dem Himmelsreich auf die Welt hinabzuschauen, aber anders als andere Arkana durfte er auch auf Erden zum Vergnügen eingesetzt werden. Selbstredend war jegliche Zweckentfremdung streng verboten. Käme dies heraus, würde man sicherlich auf der Stelle ins Himmelsreich verbannt. Zudem sandte der Götterspiegel je nach eingestelltem Kanal besondere Wellen aus: Andere Götter in der Nähe spürten, wenn man ihn nutzte. Eigentlich war kein Gott so töricht, sich mit einem solchen Verstoß das eigene Grab zu schaufeln.

Freya hatte jedoch ihre Schönheit genutzt, um die männlichen Götter in ihrem Umfeld zu bezirzen. *Nur heute*, hatte sie versprochen. *Ich werde keiner Familia damit schaden, und ich gucke auch nur in einen Teil des Dungeons.* So hatte sie sich trotz des Risikos auf diesen Abweg begeben können. Und all das nur, um diesen Kampf mitansehen zu können.

»Aaah!«

Während sie in dem schwebenden Spiegel alles mitverfolgte, wechselte ihre Miene von Überraschung über Freude zu Ekstase.

»Hi hi hi hi hi hi! Siehst du das, Ottar?! Was für ein schöner Anblick!«

Wie Bells Seele leuchtete, geradezu strahlte! Es brannte Freya fast in den Augen.

Und obwohl seine Seele ein derartiges Licht aussandte, war sie dennoch klar und durchsichtig. Eine unschuldige Sehnsucht. Keine Hintergedanken, nichts Berechnendes, weder Schmutz noch Dreck. Der schiere Wille. Der Junge wünschte sich lediglich etwas.

Und in diesem Moment blühte in Bell eine *Möglichkeit* auf.

Der Kampf ging weiter.

Immer wieder tauschten Bell und der Minotaurus die Position. Sie umkreisten einander, stießen sich vom Gras ab, schossen aneinander vorbei – und immer wieder prallten ihre blitzenden Waffen aufeinander.

Lass dich nicht von seiner Statur beirren!

Er zog die Augenbrauen zusammen und ließ sich von seiner Rage antreiben. Von seiner Furcht hatte er sich schon längst getrennt. Nun, da er dieses Joch zerschlagen, sich von seinem Fluch befreit hatte, gab es für ihn kein Halten mehr. Ohne zurückzuweichen, blockte er die wilden Angriffe des Minotaurus und nutzte jede Blöße, um selbst einen Hieb oder Stich anzubringen, in den er seine ganze Kraft legte.

Der Gegner ist nur groß! Schau hin! Halte die Augen offen!

Bell starrte den Minotaurus konzentriert an. Er war in der Tat ein furchteinflößendes Monster. Ein direkter Treffer wäre sicher tödlich, und selbst gestreift zu werden, konnte ihm die meisten Knochen im Leib zertrümmern. Was die Zerstörungskraft eines einzelnen Angriffs anging, war dieser Gegner ihm haushoch überlegen. Aber das war auch schon alles. Er durfte sich lediglich nicht treffen lassen, dann war dieses gewaltige, todbringende Schwert nichts weiter als Zierrat.

Bell sah die Lage klarer denn je. Solange er nur seine rubellitroten Augen anstrengte, konnte er jede Regung im Gesicht des Minotaurus genau erkennen. Ohne die ständige Furcht im Hintergrund konnte er klar denken und an der großen Statur des Gegners alles ablesen. Vor allem griff der Gegner jedes Mal mit voller Kraft an, daher konnte Bell anhand der angespannten

Muskeln Timing und Richtung des Angriffs im Vorhinein abschätzen. Die Bewegungen des Minotaurus waren simpel und ungeschliffen. Es war für Bell ein Kinderspiel, sie vorherzusehen.

Ich hab so lange gegen eine viel stärkere Gegnerin gekämpft!

Verglichen mit seiner Lehrmeisterin war dieser Gegner nichts weiter als ein Holzklotz, wenngleich mit der Besonderheit, dass er das Schwert eines Abenteurers schwang – doch damit allein reichte er nicht an jene anbetungswürdige junge Frau heran.

Die Schläge des Minotaurus trafen nicht – Bell ließ es nicht zu. Er wich einem tödlichen, aber völlig vorhersehbaren Schlag aus und stieß im selben Moment mit seinem nachtschwarzen Messer zu. Mithilfe seiner Agilität machte er jeden Angriff des Minotaurus zunichte.

»Was ist das für ein Messer?«, fragte Bete verwundert. »Dass er damit ein so gewaltiges Langschwert abwehrt ...«

»Er ist eben geschickt.« erklärte Riveria. »Er lässt die Angriffe des Minotaurus mithilfe seiner Technik abgleiten.«

Mit einem purpurblauen Blitzen wurde das Langschwert weggeschlagen.

Zwar verstärkten Bells Werte das Hestia Knife, aber ein Langschwert von fast zwei Medol Länge konnte man damit dennoch nicht direkt abwehren, erst recht nicht, wenn noch die Muskelstärke des Minotaurus hinzukam. Bell zielte jedoch auf die Seite der heranrasenden Klinge. Indem er sie leicht aus ihrer Bahn ablenkte, verschaffte er sich ein wenig Platz, um auszuweichen. Diese Verteidigung war jedes Mal ein Spiel mit dem Feuer und erlaubte nicht den kleinsten Fehler.

Er hatte sich diese Abwehrtechnik von Aiz abgeschaut und nach kurzer Zeit nutzen gelernt. Dank der Lehren, die sie ihm wortwörtlich eingeprügelt hatte, konnte er gegen den Minotaurus bestehen. Was Bell bei jedem heimlichen Stelldichein mit der Goldenen gelernt hatte, konnte er in diesem Kampf einsetzen.

»Er hält wirklich lange durch, aber ...«, sagte Tione mit leicht zugekniffenen Augen.

»Seine Attacken sind zu schwach«, beendete Tiona den Satz, die beim Zuschauen unruhig von einem Bein aufs andere trat.

Bell hatte jetzt mit der Linken auch seinen Baselard gezogen und versuchte damit einen Gegenangriff. Das Kurzschwert ritzte den Minotaurus leicht, richtete jedoch keinen wirklichen Schaden an. Der Minotaurus schnaubte und vertrieb Bell sofort aus seinem Nahbereich.

»Das Fleisch eines Minotaurus ... lässt sich nicht leicht schneiden«, gab die Prinzessin der Klingen ihre Bewertung ab. Sie hatte immerhin schon Abertausende von Monstern getötet. Die Muskeln der Bestie waren nicht bloß zur Zierde. Sie generierten gewaltige Kraft, und hieb man im Kampf auf die dick gebündelten Stränge ein, dann war das, als schnitte man durch harten Gummi. Zudem war die Haut eines Minotaurus ungeheuer zäh, weswegen man sie mit halbherzigen Attacken nicht durchdrang. Diese Eigenschaft – und dass sie gegen Hitze und Kälte schützte - machte sie zu einem begehrten und kostbaren Beutegegenstand. Mit seiner Kraft und Zähigkeit war der Minotaurus für viele Abenteurer der Inbegriff eines Monsters.

»Mrrmuuuuuuh!«

»Hrghs!«

Der Minotaurus verkörperte Angriff und Verteidigung zugleich. Zudem war er ein Level-2-Monster und somit ungleich stärker als Bell, der erst auf Level 1 war. Dieser Vorteil des Minotaurus ließ sich kaum ausgleichen, und so geriet Bell nach und nach ins Hintertreffen.

Es war zum Verzweifeln: Er musste ein von Natur aus übermächtiges Monster allein mit angeeigneten Techniken niederringen.

»Meister Bell!«, presste Lili hervor.

Sie hatte sich absetzen lassen, nachdem Riveria sie notdürftig geheilt hatte. Gerade rollte Bell sich über den Boden, um einem Schwertstreich zu entgehen, der bei einem Treffer nichts von ihm übriggelassen hätte. Der Minotaurus setzte ihm nach, um ihn mit seinem Huf zu zertrampeln, aber darauf war Bell vorbereitet: Rasch sprang er auf und stürmte nach vorn, um mit dem Hestia Knife zuzustechen. Klirrend traf Metall auf Metall – der Minotaurus hatte geblockt.

Bell knirschte mit den Zähnen.

»Ooooooooooooooooooooh!«

Bell fiel auf, dass der Minotaurus sich übermäßig vor dem Hestia Knife scheute. Aufregung packte ihn: Anscheinend war allein diese Waffe in seinem Arsenal geeignet, dem Monster entscheidenden Schaden zuzufügen! Zugleich ließ es nur dann seine Verteidigung fallen, wenn Bell gerade nicht angriffsbereit das Messer in der Hand hielt. Anscheinend befürchtete es, das Messer könnte sein Fleisch schneiden und seine Knochen durchtrennen.

Bell sah in den Augen seines Gegners einen Funken Verstand aufblitzen. Hinzu kam das unnatürlich abgebrochene Horn. Er hatte eine Ahnung.

»Verdammt … noch mal!«

Er ging ein Stück auf Abstand und probierte es erneut. Energisch streckte er den rechten Arm aus. Der Minotaurus riss die Augen auf.

»Firebolt!«

Unter gewaltigem Krachen schlug der Flammenblitz ein und trieb den riesigen Bullen zurück. Hinter der Feuersbrunst erklang sein wilder Schrei und wurde von der Decke zurückgeworfen.

»Hat er ... einen Zauber gewirkt? Ist das Magie?«

»Ja ... Aber ich hab nicht gesehen, dass er seine Lippen bewegt hätte.«

Dass Bell auf Level 1 sich gegen einen Level-2-Minotaurus behaupten konnte, hatte er zum großen Teil auch seiner Magie zu verdanken. Körperlich war er ihm komplett unterlegen, aber mithilfe seines Schnellangriffszaubers konnte er dem Tod von der Schippe springen.

Jedoch ...

»Mruoooooooooooooooooooooooooooh!«

»Verd...«

... zeigte es kaum Wirkung.

»Zu schwach.«

»Ja, damit landet er keinen entscheidenden Treffer.«

»Der Zauber lässt sich ungeheuer schnell aktivieren, aber gegen dieses Ungeheuer bringt er nichts. Gegen Menschen und ähnliche Gegner ist er bestimmt höchst wirksam ...«

Der Nachteil des Zaubers sprang sofort ins Auge: Die Durchschlagskraft war zu gering. Der über zwei Medol große Minotaurus trug lediglich oberflächliche Verbrennungen davon. Mit einem normalen Angriffszauber hätte man ihm vielleicht beikommen können, aber der Feuerblitz genügte nicht, um ihn zu töten.

»Jetzt kann er nichts mehr machen, oder?«, fragte Riveria.

»Für diese Einschätzung ist es noch ein bisschen früh«, meinte Finn. »Hoffe ich zumindest ...«

Erneut griff der Minotaurus an, und Bell wurde in die Verteidigung gedrängt. Ein wenig kaltherzig beobachteten die beiden, wie das Monster immer hartnäckiger attackierte und Bells Lage sich zunehmend verschlechterte. Selbst wenn Bell erbittert kämpfte und durchhielt: Er konnte nicht siegen, wenn er nicht ausreichend Schaden verursachte. Und stach er dem Feind in die Brust, um den Magiestein zu zerstören, so musste er erst einmal durch die zähe Schicht aus Muskeln dringen.

Jetzt blieb ihm eigentlich nur noch ein selbstmörderischer Angriff. Doch sobald er zu dieser Taktik wechselte, stand so gut wie fest, dass der Minotaurus gewann. Wenn Bells Angriffe nichts ausrichteten, war selbst mit der brillantesten Strategie sein Tod unausweichlich.

Der Minotaurus brüllte und ließ kraftvoll sein Langschwert niederfahren. Zum Ausweichen war es zu spät, also blockte Bell direkt mit dem Baselard – und da zersprang die Klinge. Bells Gesicht war wie versteinert.

»Er hat nun kein Mittel mehr.« Finns Worte wurden vom Wind fortgetragen.

Das Schwert schlug wie eine Bombe in den Boden ein und hinterließ einen kleinen Krater. Die Druckwelle schleuderte Bell davon. Schützend hielt er sich den linken Arm mit dem zerbrochenen Kurzschwert vors Gesicht. Einen Moment später schlug er auf dem Boden auf. Doch dann ...

Ein Mittel habe ich noch!

Er starrte dem Minotaurus entgegen, riss den Arm herum, mit dem er sein Gesicht beschützt hatte, und warf das zerbrochene Kurzschwert mit aller Kraft. Pfeilgerade schoss es auf den Minotaurus zu, und die abgebrochene scharfkantige Klinge spiegelte sich in seinen Augen.

Er schüttelte jedoch nur verächtlich den Kopf und wehrte das silberne Geschoss mit seinem Horn ab. Bell hatte jedoch nicht erst lange zugesehen, sondern rannte bereits auf ihn zu.

»Mru?!«

»Uwaaaaaaaaaaaaaah!«

Weil der Minotaurus mit dem Abwehren beschäftigt gewesen war, reagierte er zu spät. Bell verbog seinen Körper und holte mit der rechten Hand aus, die er halb hinter dem Rücken versteckt hielt.

Der Blick des trainierten Monsters veränderte sich schlagartig. Es versuchte, das Langschwert hochzureißen, das noch im Boden steckte, um das Hestia Knife mit der Klinge zu blocken.

Jetzt habe ich dich!

Die Augen des Minotaurus weiteten sich. Denn die Farbe der Klinge, die Bell hinter seinem Rücken hervorholte, war nicht nachtschwarz – sondern weiß. Dies war nichts weiter als ein Dolch. Das Messer der Göttin war in Bells linke Hand gewandert, sobald der Baselard sie verlassen hatte.

Ein purpurblaues Licht umwaberte seinen Arm, und die rubellitroten Augen hatten ein Ziel ins Auge gefasst: Das Langschwert.

»Hrmpf!«

»Mruuh?!«

Er ließ das Hestia Knife herumwirbeln, das er umgedreht in der linken Hand hielt, und rammte es dem Minotaurus in den Schwertarm – der ungeschützt war, weil das Monster sich ganz darauf konzentriert hatte, den Stoß mit dem vermeintlichen Hestia Knife abzuwehren. Mit einem Schmatzen bohrte sich die pechschwarze Klinge in sein Handgelenk und durchtrennte Knochen und Muskelgewebe.

Gequält stöhnte der Minotaurus auf, aber Bell drehte die Klinge herum und riss sie dann mit aller Kraft in die Höhe – zusammen mit der Hand, die das Langschwert hielt.

Eine Blutfontäne schoss aus dem Armstumpf empor, und Finn und die anderen Zuschauer machten große Augen.

»Go … Oooooooooooooooooooooh?!«

Der Minotaurus fiel auf den Rücken. Bell ließ sich von seinem markerschütternden Schrei nicht ablenken. Er atmete tief ein und nutzte seine Chance. Er verwendete den Körper der riesigen Bestie als Sprungbrett, stieß sich von den Schultern ab und sprang in die Luft, die dünnen Arme nach dem blutverschmierten Schwert ausgestreckt.

Fwomm. Fwomm. Die gewaltige Klinge wirbelte durch die Luft, doch Bell berührte genau im richtigen Moment den Knauf mit den Fingern und packte entschlossen zu – und stürzte sogleich wieder herab.

»Mru… Mruaaaaaaaaaaaaaaaaaaaaaaah?!«

Der Minotaurus drehte sich zu Bell um, der hinter ihm gelandet war, und hielt sich dabei den Armstumpf. Den linken Arm streckte er ihm verzweifelt entgegen, als wollte er die Waffe zurückfordern.

Bell stand mit dem Rücken zu ihm. Nun drehte er sich langsam herum, die Finger der linken Hand fest um den Griff des Langschwerts geschlossen. Ruhig streckte er seinen rechten Arm heraus und sprach ein Wort: »Firebolt.«

Eine Explosion.

»Hrrrrrgh. Mrooh?!«

Der Treffer aus nächster Nähe riss den Minotaurus von den Füßen und schleuderte ihn zurück. Kurz glühte die Flammenspitze auf seiner Brust, dann zerstob sie zu Funken. Das

Feuer griff auf den Grasboden über, und schwarzer Rauch stieg auf.

Keine Sekunde später stürmte Bell schon blindlings durch die dunklen Schwaden, das Langschwert mit beiden Händen umfasst.

»Aaaaaaaaaaaaaaaaaaaaaaaaaaaaaaaaaaaaaaaa aaah!«

Er hob die Klinge weit über den Kopf und schlug mit aller Kraft zu.

»Mrrrghs?!«

Über die sehnige, geradezu stählern anmutende Brust des Minotaurus lief nun ein breiter roter Streifen.

»Das hat gesessen!«, jubelte Tiona.

Aus dem diagonalen Schnitt tropfte Blut und bildete eine Pfütze auf dem Boden. Der Minotaurus wankte nach hinten.

Doch Bell ließ nicht locker.

»Nimm daaaaaaaaaaaaaaaaaas!!«

»Mruoooh?!«

Die Klinge, die eben noch dem Monster gehört hatte, blitzte ihm nun bedrohlich entgegen. Die dicke Schneide erzeugte einen Wirbelwind und entfaltete durch Bells Hände ihre volle Zerstörungskraft. Immer wieder schlug er zu, hieb ohne Unterlass mit der mächtigen Waffe auf sein Opfer ein.

»Oha. Er ist echt ungeschickt damit, oder?«

»Aber es wirkt.«

Selbst mit großer Nachsicht konnte wohl niemand behaupten, dass Bell mit dem Langschwert eine gute Figur machte. Es wirkte, als würde das Schwert ihn herumreißen statt andersherum. Fast winzig wirkte er im Vergleich zu dem riesigen Stück Metall. Dennoch brach er wie eine Sturmwoge über den Minotaurus herein. Unzählige Male zischte das Schwert längs und quer durch die Luft, begleitet von Bells wildem Kriegsgeschrei.

Der Minotaurus war erschüttert. Das Blatt hatte sich auf einen Schlag gewendet. Er konnte nicht ordentlich verteidigen, stand mehr oder weniger nur da, während die zerstörerischen Schläge auf ihn einprasselten. Er war nun mit Wunden übersät und hatte schon viel Blut verloren. Der Schaden hatte sich gewiss aufsummiert.

»M… Mruooooooooooooooooooooooooooooh!!«

Der Minotaurus, bis eben noch voller Furcht, brüllte und ließ sich von seinem Zorn durchfluten. Erneut erwachten seine animalischen Instinkte. Er stemmte die Hufe in den Boden, wollte nicht weiter zurückweichen, sich gegen Bell nicht geschlagen geben.

»… Arrrh!!«

Die Entscheidung war nah.

Eine gewaltige Anspannung lag in der Luft, und der Dungeon war vom unartikulierten Gebrüll der Kontrahenten erfüllt. Das Monster schwang seinen Arm, der Mensch sein Schwert – Fechtkunst gegen bestialische Kraft.

Jeder versuchte den anderen zum Nachgeben zu zwingen. Heftig und in rasantem Tempo ging es hin und her.

Bell wehrte einen plumpen Tritt mit dem Schwert ab und schlug gleich darauf über die Klinge hinweg dem Gegner die Faust ins Gesicht. Dann riss er das Schwert herum, zertrümmerte Knochen und schnitt durch Fleisch.

Hufe gruben sich tief in den Boden, und das Schwert fuhr durch Grashalme. Bei dem wilden Gemetzel im phosphoreszierenden Licht wurde nach und nach der Schauplatz verwüstet. Beiden schwand die Kraft, doch keiner war bereit nachzugeben oder auch nur innezuhalten.

Sie würden nicht aufhören, konnten nicht aufgeben.

Abermals schlugen das blutige Schwert und der geteilte Huf so heftig aufeinander, dass Funken flogen. Alle sahen, dass das Ende des Duells nahte.

»Uwaaaaaaaaaaaaaaaaah!«

»Urgooooh?!«

Bell legte all seine Kraft in einen Schlag und traf den Minotaurus in die Flanke. Die Klinge drang bis zur Hälfte durch die Bauchmuskulatur, die beinahe eine Rüstung aus Fleisch war, blieb dann stecken und wurde schwungvoll wieder herausgerissen, wodurch es den Minotaurus zur Seite schleuderte. In dem Schwert knackte es leise, was aber durch das Schmerzgebrüll der Bestie übertönt wurde.

»Hfff ... Hfff?! Mruuuuuuuuoooooooooooh!«

Zwischen den beiden waren ungefähr fünf Medol. Nachdem der Minotaurus sich eine Weile den blutenden Leib gehalten hatte, flammten seine Augen rot auf, und er ließ sich auf alle viere fallen. Er senkte den Kopf und hob sein Hinterteil in die Höhe. Nun wirkte er vollends wie ein wilder Stier.

Bete und die anderen rissen die Augen weit auf. Diese Haltung nahm ein Minotaurus nur ein, wenn er in die Enge getrieben wurde. So spielte er seine letzte Trumpfkarte aus: seine großen Hörner. Ein mächtiger Ansturm, mit dem er alle Hindernisse zu Staub zermalmte. Jedoch war der Abstand zu gering für den Anlauf, und der Angriff hätte weniger Wucht.

Jedenfalls war dieses bisher ungesehene Verhalten ein klares Anzeichen dafür, dass der Minotaurus an einem kritischen Punkt angelangt war. Ein Horn war noch übrig, sein letzter Stolz, und nun bedachte er Bell mit einem brennenden Blick.

Beide Kämpfer schauten sich tief in die Augen. Ein Moment des Schweigens. Ein Duell des Willens. Alle hatten die Luft angehalten, und die Nerven waren zum Zerreißen gespannt.

Ein letzter Blick wurde gewechselt.

Und dann …

»Aaaaaaaaaaaaaaaaaaaaaaaaaaaaaaaaaaaaaaaaaaaaaaaaaaaaaaaa aaaaaaaaaaaaaaaaaaaaaaaaaaaaaaaaaaaaaah!!«

»Mruooooooooooooooooooooooooooooooooooooooooooooo-oooooooooooooooooooooooooooooh!!«

… stürmten sie aufeinander zu.

Er ist zu unerfahren.

Aus schmalen Augen sah Riveria zu, wie Bete beherzt losrannte, geradewegs auf den Minotaurus zu.

»So ein Vollidiot!«, schimpfte Bete.

»Nicht, Meister Bell!«, kreischte Lili.

Doch die Rufe wirkten wie Brandbeschleuniger und trieben Bell und den Minotaurus nur weiter an. Sie hörten den Wind in ihren Ohren rauschen. Der Abstand wurde immer kleiner. Beide sahen sich in den Augen des anderen größer werden. Sie brannten vor Ehrgeiz.

Bell riss das Langschwert hoch, und das Horn schoss auf ihn zu, um sich in seine rechte Schulter zu bohren.

Einer hieb nach unten, der andere stieß nach oben, genau im selben Augenblick – jetzt käme der entscheidende Treffer.

Ein metallisches Klirren hallte von den Wänden wieder: Das Horn des Minotaurus hatte sich in die Klinge gebohrt und sie zerschlagen.

»Mruuuh!«

Die Waffe war verschlissen, so wie jede Waffe auf einer Expedition irgendwann unbrauchbar wurde. Wurde ein Schwert nicht ordentlich gewartet, zerbarst es schließlich. Länger als eine Woche war das Schwert in Monsterleiber gefahren, zuerst von Ottar geführt und dann vom Minotaurus. Mit der Zeit war das Metall immer brüchiger geworden, und nun war das Maß voll.

Die Klinge war direkt am Griff abgebrochen und flog aufs Geratewohl davon. Das Horn des Minotaurus hingegen war völlig unversehrt. Vor Bells Augen schwebte noch ein feiner Nebel aus Metallspänen. Das klingenlose Schwert schnitt wirkungslos durch die Luft, und das Horn war durch das Schwert nicht im Geringsten gebremst worden. Vom Schwung weitergetragen, rannten der Minotaurus und Bell dicht aneinander vorbei.

Bell sah in dem Monstergesicht ein Grinsen aufblitzen, abschätzig, wie man es einem Verlierer zeigte. Die übermütige Freude eines siegeshungrigen Wesens, dessen Widersacher seinen einzigen Trumpf verloren hatte – und nun sah der Minotaurus seinen Sieg vor sich.

Weißes Haar fiel über rubellitrote Augen. Wie in Zeitlupe verschwand der Minotaurus aus Bells Sichtfeld.

Aber mein wahrer Trumpf, dachte Bell, *ist das hier!*

Er zückte das nachtschwarze Messer.

»Hngh!«

Abrupt blieb er stehen, sobald der Minotaurus an ihm vorbei war, und ignorierte die Schmerzensschreie seiner Knie. Eine Sekunde lang hatten sie einander die Rücken zugewandt, aber Bells Beweglichkeit hatte das Limit gesprengt, und so gelang es ihm, schlagartig herumzuwirbeln und sofort zur nächsten Attacke überzugehen.

Das Hestia Knife, das er umgedreht in der linken Hand hielt, schoss mit einem grellen Blitz aufwärts.

»Hrghs!«

»Mruoh?!«

Der Minotaurus hatte sich bei seinem Hornstoß aufgebäumt. Das Hestia Knife drang ihm in die rechte Seite und durchstach die natürliche Panzerung. Durch die Zentrifugalkraft entfaltete die Klinge die größtmögliche Wirkung. Durch den plötzlichen Überraschungsangriff kam der Minotaurus ins Wanken und wäre fast zur Seite gestürzt.

Mit aller Kraft trieb Bell dem Ungeheuer die schwarze Klinge tiefer in die Flanke und brüllte: »Firebolt!«

Es gab einen dumpfen Knall, und die Brust des Minotaurus wölbte sich nach außen, als wäre etwas in seinem Körper explodiert. Über die Klinge wurde immer mehr Feuer in die Wunde geleitet. Dem Minotaurus quollen die Augen aus den Höhlen.

»Firebolt!«

Dieser Blitz war noch stärker, und der Oberkörper des Monsters schwoll an wie ein Ballon. Von außen vermochte die Magie kaum durch die zähe Haut zu dringen, doch im Körperinneren stand ihr nichts im Weg, und die Flammenblitze richteten verheerenden Schaden an. Der Minotaurus war im Begriff, innerlich zu verbrennen.

Das Feuer suchte verzweifelt nach einem Ausweg, stieg in seiner Kehle auf und schoss ihm aus Nasenlöchern und Maul.

»Ghargh. Hrgargh?! Hrgh ... Muooooooooh?!«

Der Minotaurus brüllte, obwohl seine Kehle in Flammen stand. Er riss die gewaltigen Arme hoch, um damit auf Bell einzuprügeln. Mit brutaler Kraft würde er ihn zurückschlagen. Er konnte ihn gar nicht verfehlen und würde ihn in einen unansehnlichen Fleischklumpen verwandeln. Gleich würde er tot sein.

Doch als die beiden Hämmer herabfuhren, um Bell den Schädel zu zertrümmern ...

... schoss der ein weiteres Mal seinen Zauber ab.

»Fireboooooooooooooooooooooolt!!«

Eine Explosion.

»Haaaaaaaaaaaaaaaaaaaaaaargh!!«

Ein fürchterlicher Todesschrei, und dann zerplatzte der Oberkörper des Minotaurus in tausend Stücke. Alle Hitze, die sich in ihm angestaut hatte, brach aus ihm hervor. Bis zur Dungeondecke schossen die orangefarbenen Flammen empor. Bei diesem Anblick hätte wohl jeder an einen ausbrechenden Vulkan gedacht. Und mittendrin fiel der Unterkörper, aus dem nun alle Kraft gewichen war, schwankend zur Seite.

Dann ging ein Regen aus Blut und Fleischbrocken nieder. Zugleich breitete sich dichter schwarzer Qualm im Dungeon aus und raubte allen Anwesenden die Sicht.

Mitsamt den Bruchstücken des Kuhmonsters flog der große Magiestein durch die Luft. Er drehte sich einmal, stürzte herab und blieb im Boden stecken.

»Er hat doch noch gewonnen ...«

Bete schaute in Bells Richtung, als könnte er nicht glauben, was er gerade mitangesehen hatte. Aber dieser Junge, der mit dem Rücken zu ihm stand, warf einige Fragen auf, die ihn selbst betrafen. Seit wann war er eigentlich in der Lage, einen Minotaurus zu bezwingen? Und wie lange hatte es überhaupt gedauert, die Stärke zu erlangen, um so ein Monster ganz allein zu besiegen?

Bei diesem Gedanken wurde er puterrot. Wut und Scham kochten in ihm hoch und drangen in jede Faser seines Körpers.

»Mind Zero«, sagte Tione.

»I… Ist er etwa im Stehen bewusstlos geworden?«, fragte Tiona.

Bell hielt das Hestia Knife fest in den Händen, stand jedoch völlig reglos da. Die beiden Schwestern beobachteten ihn und tuschelten dabei miteinander. Der Junge hatte wortwörtlich seine gesamte Kraft aufgebraucht und bot nun einen ehrfurchtgebietenden Anblick: Er hatte sich förmlich in die Statue eines Abenteurers verwandelt, als wäre er soeben einer Geschichte entsprungen.

»Jetzt rede schon, Pallum!«, sagte Bete wütend. »Was ist das für ein Kerl?!«

»Meister Bell … Meister Bell!«

»Hey!! Tss!«

Lili war mit unsicherem Schritt losgelaufen. Bete verzog das Gesicht, als hätte er in eine Zitrone gebissen. Dann sprang ihm etwas ins Auge. Von Bells Rücken war jegliche Rüstung abgefallen. Die schwarze Kleidung hing in Fetzen. Seine Schultern lagen frei, und auch der Rücken war so weit entblößt, dass teilweise die eingravierten Hieroglyphen zu erkennen waren.

»Riveria! Verrate mir seinen Status!«

»Du willst, dass ich ihn ausspioniere?«

Nur der obere Rücken lag frei. Der untere Abschnitt des Status über Magie oder Skills war nicht zu sehen. Auch die Stellen über Fähigkeiten und Ähnlichem waren lästigerweise noch verdeckt.

»Wieso Ausspionieren? Liegt doch alles frei! Wenn du es dir nicht ansiehst, guckt sich's eben wer anders an!«

»Na schön – aber nur, was ich einfach so erkennen kann!«

Seufzend trat Riveria näher heran, um wie geheißen die Hieroglyphen zu analysieren. Allzu viel Widerstand hatte sie nicht geleistet: Sie war hochgelehrt und hatte durchaus Interesse.

Also ließ sie ihren Blick über Bells Rücken gleiten und sah sich jedes Schriftzeichen genau an.

»Wie lange brauchst du denn?«

»Warte, ich bin gleich fer...«

Plötzlich hielt Riveria inne. Bete schaute sie genervt an, und auch Tiona und Tione blickten neugierig in ihre Richtung. Doch kurz darauf erscholl ein glockenhelles Lachen. »He ... Hi hi ... Ha ha ha!«

»Was hat sie denn jetzt?! Mann ...« Je mehr sich Riveria amüsierte, umso schlechter wurde Betes Laune. »He, Aiz, du kannst doch auch ein wenig Hieroglyphen lesen, oder?! Verstehst du was davon?«

Aiz stand reglos hinter Bell, und ihre Blicke, scharf wie Schwerter, bohrten sich in seinen Rücken.

»S ...«

»Hä?!«

»Alle seine Fertigkeiten sind auf S.«

»Alle auf S?!«, schrien Bete, Tiona und Tione. Jetzt fiel ihnen wirklich nichts mehr ein.

Genau genommen konnte Aiz es gar nicht mit Sicherheit sagen, denn alles von der Zauberkraft abwärts war verdeckt – aber so ungefähr würde es schon hinkommen. Eins hatte sie Bete und den anderen aber nicht verraten.

Riveria kicherte noch immer. Und kein Wunder: Unter den Werten war auch ein S+. Bell hatte die Obergrenze einer Fertigkeit durchbrochen. Aiz traute ihren Augen kaum.

»Und wie heißt er?«

Alle außer Aiz blickten auf Finn hinunter. Er klopfte sich mit dem Speer mehrfach auf die Schulter. Sein Blick hatte auf dem menschlichen Abenteurer geruht, doch nun hob er ihn zu Bete und den anderen. Seine Miene war ernst. Er wollte doch tatsächlich den Namen wissen.

»Wie heißt dieser Junge?«

»K… Keine Ahnung … Ich hab ihn nicht gefragt …«

»Riveria, wie lange willst du noch lachen?«

»Hi hi … Ach, tut mir leid. Was ist denn los?«

»Lies bitte seinen Status und verrat mir seinen wahren Namen.«

»Ach, stimmt ja. Warte mal kurz …«

Der Status war ein Segen der Götter und gleichzeitig eine Art Vertrag. Damit der Segen seine Wirkung zeigte, musste sowohl der Name der Gottheit als auch der ihres Schützlings eintätowiert sein.

Riveria kniff die Augen leicht zusammen, um den Namen zu lesen, aber bevor sie den Mund aufmachte, war der Name schon über Aiz' Lippen gekommen: »Bell.«

»Aiz …«

Tionas Stimme hallte lange nach. Doch Aiz drehte sich nicht zu ihrer Kameradin um, sondern blickte konzentriert weiter nach vorn.

»Bell Cranel.«

Er war nicht einfach bloß ein Stein am Wegesrand. In ihren goldenen Augen spiegelte sich deutlich das Bild dieses Jungen.

Registrierung: vor einem Monat

Anzahl der besiegten Monster: 3001

Vor drei Tagen überbot er bei Weitem den Rekord für das schnellste Erreichen von Level 2.

Epilog:
Von Seite 0 auf Seite 1

Jemand weinte.

Ein Kind schluchzte, und dicke Tränen liefen ihm über die Wangen. Das Kind war mit Wunden übersät und blutete überall, doch ein alter Mann drückte es an seine Brust und tätschelte ihm den Kopf.

»Tut es sehr weh, Bell?«, fragte er freundlich.

Erst wollte der Junge nicken, doch dann schüttelte er den Kopf und weinte erneut los.

Der alte Mann lächelte. Er hielt weiterhin den zitternden Jungen im Arm.

»Genau darum solltest du das Dorf nicht verlassen. Ich wäre fast aus den Latschen gekippt, als ich dich gefunden hab – von Goblins verprügelt!«

Die Stimme, das Verhalten, das Lächeln … Alles so vertraut. Dieser Mensch konnte nichts mehr sehen, nichts mehr empfinden, und doch blendete mich seine Präsenz förmlich in der Abenddämmerung.

»Aber du hast gut durchgehalten, hast nicht klein beigegeben gegen diese Monster. Du kannst stolz auf dich sein.«

Der Himmel hatte die Farbe des Sonnenuntergangs, und das Feld leuchtete golden bis zum Horizont. In dieser schönen Umgebung, die ihm irgendwie bekannt vorkam, sprach der Mann mit mir, und all seine Worte galten dem Kind in meiner Brust.

Dies war sicher nur ein verschüttetes Erinnerungsfragment, ein uralter tief in mir eingebrannter Wunsch, und sobald ich aufwachte, würde ich alles vergessen. Ich empfand eine heiße Sehnsucht, für immer an dieser unersetzlichen Kindheit festzuhalten.

»Das war klasse, Bell.«

Als der Mann den Jungen anlächelte, musste er erneut losweinen. Es verwunderte ihn selbst, doch die Tränen brachen einfach aus ihm heraus, als er zu der Gestalt schaute, die er so sehr bewunderte. Unter Tränen schwor das Kind etwas, und mit seiner Stimme kam auch meine eigene heraus, und unsere Worte verschmolzen miteinander.

Ich möchte so wie du werden. Du hast mich gerettet, und darum will ich so stark werden wie du. Weil du allein für mich ein Held bist.

»Das ist viel zu wenig. Ehe du mich als Vorbild nimmst, solltest du deine Ziele etwas höher stecken.«

Und wenn ich wie ein Held aus einer Legende werde? Jemand, den alle bewundern? Sagst du dann, dass du mich liebst? Bist du dann stolz auf mich? Würde ich dich damit glücklich machen?

»Ja. Ich würde übers ganze Gesicht strahlen. Ich würde vor anderen mit meinem Enkel angeben. Ich würde laut lachen und mächtig stolz auf dich sein.«

Dann ... Ja, dann werde ich ... Ich schaffe das, ganz sicher! Du wirst immer aus dem Himmel über mich wachen. Schließlich bist allein du mein ...

»Ich werde immer über dich wachen. Ich werde immer an dich denken. Aber sag bitte nicht, dass du das nur für mich machst.«

Der alte Mann lächelte so breit, dass sein Gesicht ganz faltig wurde.

»Als Mann muss man Frauen hinterherlaufen, für Mädels losstürmen. Sei stolz. Und schau nach vorne. Wenn du dich in eine Frau verliebst, dann kannst du für sie ein Held werden und noch viel mehr als das. Wenn du es für sie tust, wirst du alles erreichen können!«

Der Sonnenuntergang und die goldene Landschaft rückten in die Ferne, und ich versank in Dunkelheit. Verzweifelt streckte ich die Arme nach dem schwindenden Licht aus. Zuletzt hörte ich den alten Mann noch sagen: »Schließlich bist du nun mal mein geliebter Enkelsohn.«

»Träumst du etwa, Bell?«, fragte Hestia leise. Eine Träne lief ihr über die Wange.

Ihr Kind schlief ganz ruhig, in einem Bett im Krankenbereich des Turms Babel. Die junge Frau mit dem blonden Haar und den goldenen Augen hatte ihn hergetragen. Die kleine Supporterin war auch dabei gewesen. Sein gleichmäßiger Atem war das einzige Geräusch im Raum.

Der Junge hatte einen heftigen Kampf überstanden, und sein Gesichtsausdruck war friedlich.

»Eigentlich hätte ich dir so viele Dinge zu sagen ...«

Unter einem seiner Augenlider quoll eine Träne hervor. Hestia wischte sie sanft mit einem Finger fort.

Der Junge hatte den Mund ganz leicht geöffnet, während er wieder in tieferem Schlaf versank, und auf seinem Gesicht lag ein leises Lächeln.

»Du hast dich toll geschlagen ... Glückwunsch.«

Nachdem sie sich kurz umgeschaut hatte, schob sie Bells Pony zur Seite und berührte seine Stirn mit ihren Lippen. Mit leicht geröteten Wangen sah sie sich erneut die Geschichte des Jungen an, die auf seinem Rücken geschrieben stand, und machte schmale Augen.

»Und das war nur die erste Seite.«

Status

Level 1
Stärke: S 982
Ausdauer: S 900
Geschicklichkeit: S 988
Beweglichkeit: S+ 1049
Zauberkraft: B 751

Magie:

Firebolt

- Schnellangriffsmagie

Skills:

Realis Phrase – *Zielstrebige Sehnsucht*

- Beschleunigt das Wachstum.
- Wirkung hält an, solange die Gefühle der Zuneigung bestehen.
- Intensität der Gefühle verstärkt den Effekt.

Baselard

- Zweischneidige Klinge.
- Lag bei Gnoms Allerlei für den Preis von 19.000 Valis aus.
- Eine hervorragende Waffe, ausreichend für einen Abenteurerneuling.
- Bell hat ihn ursprünglich von einer unehrlichen Pallum als Abschiedsgeschenk erhalten. Natürlich zu einem Freundschaftspreis.

Bell Cranel
Zugehörigkeit: Hestia-Familia
Volk: Mensch
Beruf: Abenteurer
Tiefste Ebene: Ebene 10
Waffe: Hestia Knife, Dolch
Geld: 79.500 Valis
uzuhito Yasuda

Nachwort

Hiermit ist der erste Teil abgeschlossen. Es gab allerlei Komplikationen, aber ich habe als Autor die Geschichte geschrieben, die ich unbedingt schreiben wollte, und daraus ist nun dieser dritte Band geworden.

Als ich den Entwurf für dieses Buch schrieb, kristallisierte sich bei mir allmählich ein Gedanke heraus: Wer ein Abenteuer wagt, hat bereits gewonnen.

Es erfordert gewaltigen Mut, etwas Neues anzufangen. Nichts zu wissen, ist für sich genommen schon furchteinflößend – zumindest ist das meine Meinung als Autor. Wagt man jedoch den ersten Schritt eines Abenteuers, ohne zu wissen, was die Zukunft bringen wird, dann verändert sich dadurch etwas in einem selbst.

Die folgenden Worte stammen von einem anderen Autor: *Eine Herausforderung bringt nicht unbedingt Erfolg mit sich, ganz sicher jedoch Wachstum.*

Man sollte sich nicht zu sehr vom Gedanken an Erfolg oder Misserfolg lenken lassen, denn man wird in jedem Fall daran wachsen. Ich für meinen Teil bin fest davon überzeugt.

Lasst uns also gemeinsam auf ein Abenteuer gehen, Abenteurer werden!

Leider neige ich dazu, im Ernstfall doch wieder einen Rückzieher zu machen. Dennoch kommen mir solche Gedanken sehr oft.

Und jetzt die Danksagungen.

Weil von Band 3 auch eine Sonderausgabe in Japan erscheint, muss ich mich für die Hilfe besonders vieler Personen bedanken:

Suzuhito Yasuda, H_2SO_4, Kurogin, KOIN, Shikidoji, toi8, Yuji Nimura, Kiyotaka Haimura und Ruroo, vielen Dank für die schönen Illustrationen. Ich bedanke mich zudem demütigst bei meinem zuständigen Redakteur und allen anderen, die mit der Produktion zu tun hatten.

Außerdem möchte ich meinen herzlichsten Dank allen Lesern ausdrücken, die diese Serie seit dem ersten Band begleiten.

Im zweiten Teil der Geschichte möchte ich in Form eines neuen Kapitels ein wenig die Sicht auf die Welt erweitern. Ich brenne schon darauf, euch den vierten Band zu präsentieren, muss aber zugleich darauf achten, dass er mit dem bisherigen Niveau mithalten kann. Deswegen werde ich mir die größte Mühe geben.

Ich hoffe, wir sehen uns im nächsten Band wieder.

Noch einmal vielen Dank und auf Wiedersehen.

Fujino Omori

Fujino Omori

Bei einem Labyrinth kommt einem natürlich zuallererst ein Minotaurus in den Sinn, und stellt man sich ein Monster vor, so muss man wohl ebenfalls unweigerlich an einen Minotaurus denken. In letzter Zeit steht dieses Monster wohl eher auf der Verliererseite; dennoch bleibt es für mich ewig der Inbegriff einer Bestie.

Als Autor bin ich jedenfalls der Meinung, dass man in einer Fantasywelt immer erst mal eine Hürde in Form eines Minotaurus überwinden muss.

Suzuhito Yasuda

Geboren in der Präfektur Mie. Zu seinen bekanntesten Werken zählen *Yozakura Quartet* oder *Durarara!!* Er hat auch das Charakterdesign für das Spiel und die Animeserie *Devil Survivor 2* kreiert.

Offizielle Internetpräsenz:
http://www.suzuhito.com/

TOKYOPOP GmbH
Hamburg

TOKYOPOP
1. Auflage, 2023
Deutsche Ausgabe/German Edition

Aus dem Japanischen von Lasse Christian Christiansen

Dungeon ni Deai wo Motomeru no wa Machigatteirudarouka vol.3

Original Japanese edition published in 2013 by SB Creative Corp.
The German edition is published by arrangement with
SB Creative Corp., Tokyo

Redaktion: Markus Rohde
Lektorat: Bernd Sambale
Lettering und Herstellung: Annika Meyer-Wülfing
Umschlaggestaltung: Annika Meyer-Wülfing
Druck und buchbinderische Verarbeitung:
CPI–Clausen & Bosse GmbH, Leck
Printed in Germany

MIX Papier FSC® C083411
Wir achten auf die Umwelt.
Dieses Produkt besteht aus FSC®-zertifizierten
und anderen kontrollierten Materialien.

ISBN 978-3-8420-8459-9

www.tokyopop.de

DIE BRAUT DES MAGIERS
LIGHT NOVEL – DAS SILBERNE GARN
Kore Yamazaki

Eine weitere Kurzgeschichtensammlung zu *Die Braut des Magiers*!

Die Welt von Elias und Chise ist viel größer, als es den Anschein hat! Unzählige Feen und Geister kreuzen abermals ihren Weg und entführen sie in unbekannte verborgene Winkel. Dieses Werk vereint die magische Geschichte von Kore Yamazaki, der Schöpferin von *Die Braut des Magiers*, mit weiteren Erzählungen japanischer Autoren – wie ein Wandteppich aus silbernem Garn, der Erinnerungen und Geheimnisse miteinander verwebt.

DEATH NOTE – LIGHT NOVEL LIGHT UP THE NEW WORLD

Tsugumi Ohba / Takeshi Obata
Masatoshi Kusakabe / Katsunari Mano

Das Notizbuch des Todes tötet wieder

Erneut häufen sich mysteriöse Todesfälle rund um den Globus und eine virale Videobotschaft des verstorbenen Light Yagami verkündet die Rückkehr Kiras, des »Herrschers über Leben und Tod«. Doch nicht nur Kira ist wieder aufgetaucht: Interpol schickt einen Privatdetektiv, den Nachfolger von L, nach Japan, um die Kira-Sonderkommission bei ihrer Arbeit zu unterstützen. Diesmal sind noch mehr Death Notes im Spiel, von denen jeder Besitzer seine eigenen Pläne hat. Schon bald entbrennt ein heißer Kampf um die Vorherrschaft der todbringenden Notizbücher ...

OVERLORD – LIGHT NOVEL

Kugane Maruyama / so-bin

Zwölf Jahre lang beherrschte das Online-Rollenspiel Yggdrasil die Gaming-Welt. Für den Gildenmeister, den sogenannten Overlord, mit dem Alias »Momonga« und seine Gilde Ainz Ooal Gown war es ein aufregendes Abenteuer. Doch jetzt ist der Hype um das Game vorbei und die Server sollen abgeschaltet werden. Als sich Momonga ein letztes Mal einloggt, um da zu sein, wenn das Spiel offline geht, geschieht das Undenkbare: Er kann sich nicht mehr ausloggen. Und die Spielfiguren der Großen Gruft von Nazarick beginnen, sich wie lebendige Menschen zu bewegen und zu handeln. Die Fantasie wird zur tödlichen Realität. Auch wenn das Spiel vorbei ist, hat die epische Geschichte von Ainz Ooal Gown gerade erst begonnen ...

TOKYOPOP®

www.tokyopop.de

THE RISING OF THE SHIELD HERO – LIGHT NOVEL

Yusagi Aneko

Beim Stöbern in der Bibliothek entdeckt der Nerd Naofumi ein Buch mit der Aufschrift *Traktat der Waffen der vier Heiligen*. Nur wenige Augenblicke später verliert er das Bewusstsein und erwacht in einer videospielartigen Welt. Diese steht kurz vor ihrem Untergang und allein vier legendäre Helden sollen in der Lage sein, den bevorstehenden Angriffswellen der Monster aus anderen Dimensionen Einhalt zu gebieten. Naofumi ist einer von ihnen – der Held des Schildes. Allerdings genießt seine auf Verteidigung spezialisierte Waffe wenig Ansehen. Von Verachtung und Verrat umgeben, steht Naofumi nun vor seiner größten Aufgabe: der Held zu werden, den bisher niemand in ihm sieht!

TOKYOPOP®

www.tokyopop.de

SWORD ART ONLINE – LIGHT NOVEL

Reki Kawahara / abec

Dein Spiel, dein Leben!

Wir schreiben das Jahr 2022: Gamer auf der ganzen Welt warten gespannt auf das neue Virtual-Reality-Game *Sword Art Online*, in dem man die Spielewelt so real wie nie zuvor erleben kann! Doch als die Spieler in Massen online gehen, stellen sie geschockt fest, dass es keine Möglichkeit zum Log-out gibt. Eine Rückkehr in die Realität ist ihnen nur möglich, wenn sie das Game komplett durchspielen. Doch ein Game Over in der Welt von Aincrad bedeutet den Tod im wirklichen Leben!

TOKYOPOP

www.tokyopop.de